# Découvrez l'histoire par les archives de presse

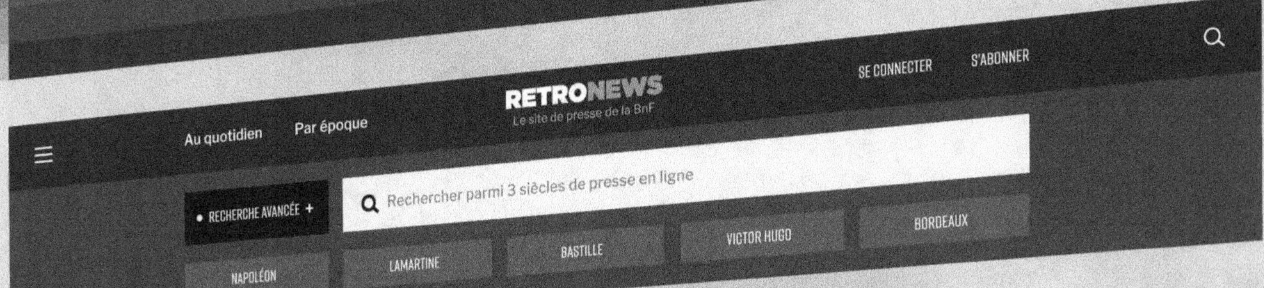

# RETRONEWS

Le site de presse de la BnF

www.retronews.fr

5 Avril 1914

# LES ECRITS FRANÇAIS

REVUE MENSUELLE

PARIS

Edition des

Écrits Français

3, Rue Auber, 3

MCMXIV

Prix : un franc.

# LES ÉCRITS FRANÇAIS

### PARIS — 3, Rue Auber

DIRÈCTION :

MM. L. DE MONTI DE REZÉ, MARC BRÉSIL, LOUIS DE GONZAGUE FRICK

## SOMMAIRE
### du Numéro du 5 Avril 1914.



*Les* ÉCRITS FRANÇAIS *reçoivent le Vendredi soir, 3 rue Auber.*

*de 9 heures à 11 heures.*

2ᵉ Année                                     N° 5

# 5 AVRIL 1914

# LES ÉCRITS FRANÇAIS

## PARAISSENT DOUZE FOIS L'AN

le 5 de chaque mois

Adresser toute correspondance au siège de la revue

## LES ÉCRITS FRANÇAIS

3, rue Auber, 3

Paris

| LE NUMÉRO | | ABONNEMENT | |
|---|---|---|---|
| France............. | 1 fr. | France............. | 10 fr. |
| Étranger .......... | 1 25 | Étranger ......... | 15 » |

# LES ÉCRITS FRANÇAIS

DIRECTION :

L. DE MONTI DE REZÉ, MARC BRÉSIL, LOUIS DE GONZAGUE FRICK

# VARIÉTÉS

Mes dernières *Variétés* n'ont pas laissé indifférent M. Eugène Montfort, directeur des *Marges* et organisateur du banquet desdites.

Je ne sais où les très courtois directeurs des *Ecrits Français* placeront l'épître de M. Eugène Montfort (1). J'y veux répondre ici même, et en peu de mots.

Je ne pouvais croire que mon petit papier ferait tant de bruit.

M. André Billy, le premier, regretta dans *Paris-Midi* de nous voir sacrifier à la doctrine de « l'Art pour l'Art. » Est-ce là mon crime ?

Précisément, par un matin assez joli, frais comme la joue d'une petite fille et aigre comme la parole d'un puceau offensé, par un joli matin, donc, je rencontrai, sur le quai Voltaire, M. André Billy abordant rive gauche. Chacun à la rencontre l'un de l'autre nous avancions, contents de la rencontre, lui et moi souriant à travers le *Paris-Midi* dont chacun venait de faire emplette, Billy pour se lire, moi pour le lire.

En sa *Gazette*, Billy exprimait son désir d'une entente. C'était là de la critique cordiale et j'eus un vrai plaisir à satisfaire mon ami. Il est vrai que, de son côté, André Billy n'embrouilla pas les billes ainsi que le fait M. Eugène Montfort qui confond, par exemple, le banquet avec la revue, ainsi qu'on s'en persuadera en rapprochant mes *Variétés* du mois dernier de la réponse de M. Eugène Montfort. Mais auriez-vous vraiment assez de loisirs pour vous livrer à ce petit travail, lequel, en somme, ne vous promet pas un agrément extraordinaire ?

Notre rencontre, j'y reviens, était aussi agréable qu'amusante. Pour un sou, chacun, nous pouvions manier, remuer, froisser des paroles toutes chaudes et fixées rudement, en dépit de

_______________

(1) Nos lecteurs trouveront cette lettre à la suite des « Variétés » de M .André Salmon.

l'éphémère, des paroles qui déjà ne sont presque plus des nourritures terrestres. Et puis, la personne d'André Billy donnait du prix à la belle matinée. M. André Billy est le jeune seigneur du quai Voltaire, du quai Malaquais, et de la rue de Seine. Sa belle canne sous le bras, un livre issant d'une des poches du pardessus tendre, les yeux brillants de claire malice, de pénétrante logique, ses yeux ardents et las derrière les lunettes (cadeau d'un oncle qui fut à Macao. Que dis-je? Ce sont les besicles de Chardin), des lunettes... aux branches d'or glissées sous les mèches blondes ondées, M. André Billy, lorsqu'il assiste au rassemblement des Immortels en grande tenue, dans la petite cour de l'Institut, laquelle est sur son bien, semble un Duc encyclopédiste passant la revue de ses gardes, ses gardes vieillis et qu'il a fait serment de garder au château jusqu'à leur mort.

M. André Billy sourit. M. Eugène Montfort les gourmanderait, il leur ferait les gros yeux.

Je mis sous les yeux d'André Billy un ouvrage dont je venais de faire l'achat et qui me plaisait beaucoup : *L'Homme à Femmes*, par Victor Joze, auteur de *La Ménagerie Sociale*. C'est d'une remarquable et peu connue couverture de Seurat que cet ouvrage tient tout son prix. Mais la préface n'est pas négligeable non plus. On la pourrait croire datée de 1914, à l'issue du dernier banquet. M. André Billy en peut-il supporter la lecture sans rire?

Je recopie cette préface pour l'agrément d'Eugène Montfort, et aussi parce que c'est un précieux document, l'un des plus caractéristiques manifestes du naturalisme, et ceux-ci sont beaucoup moins connus que les moindres du Symbolisme :

« Bien que ce soit la *Comédie humaine* de Balzac qui m'ait suggéré l'idée de la *Ménagerie sociale*, ma série sera loin d'être une copie de l'œuvre du grand aîné.

« Balzac, Flaubert, les Goncourt, Zola, je les admire, oui; je suis leur disciple, soit; mais je ne suis et ne serai jamais leur imitateur.

« La *Ménagerie Sociale* sera un récit fidèle des choses vues et des sensations senties par moi-même, et non remâchées d'après les autres.

« Imiter dans l'Art, c'est être impuissant, et c'est n'avoir rien dans son âme d'artiste; autre chose est lutter sous le même drapeau.

« L'auteur des *Rougon-Macquart*, dans sa campagne de théoricien, ne fit que reprendre les idées de Balzac, de Stendhal, de Diderot, de Rabelais, ce qui ne l'a point empêché de devenir le plus puissant des écrivains modernes.

« De même, les jeunes romanciers d'aujourd'hui, qui veulent lutter au nom du Vrai contre l'hypocrisie, le mensonge et la bêtise des pseudo-idéalistes, n'amoindriront nullement leur valeur personnelle en s'avouant soldats de l'armée dont, à l'heure qu'il est, le drapeau repose dans les mains de Zola.

« Mais qu'ils se gardent d'imiter qui que ce soit, fût-ce le plus grand génie du monde. Qu'ils marchent en avant, qu'ils développent ce que les vieux maîtres ont commencé, qu'ils ne s'arrêtent point à mi-chemin.

« Serrons nos rangs, compagnons ! Et en avant contre l'art bâtard des grands et des petits Feuillets.

« Voilà la redoute ennemie !

VICTOR JOZE. »

M. Eugène Montfort m'accuse de défendre Henry Bordeaux quand j'ai dit simplement qu'un mouvement né de la terreur de M. Henry Bordeaux ne me rallierait pas. Ce n'est pas la même chose, sachons lire. M. Eugène Montfort m'accuse de loucher du côté du manche. Dois-je lui répondre que dépourvu d'aucune sorte de rente, j'estime ma carrière un peu moins aisée que la sienne ? Pourtant, j'ai su, malgré les difficultés, sauvegarder ma personne morale en défendant des causes et des hommes assez peu officiels. M. Eugène Montfort dit : « Lorsqu'on a le malheur de ne pouvoir écrire sur commande on ne peut écrire nulle part ! »

Ouais ! et les poètes ? Sont-ils pas plus à plaindre que vous ?

Enfin, ne nous frappons pas ; Mirbeau se vend, France se vend, Colette se vend, Willy se vend... puisqu'il s'agit de marchandises ! Je suis bien content qu'ils se vendent. Je n'en dirai pas davantage. De mauvaise humeur aucune ; mais tout cela est bien fatigant et j'abomine les discussions que je ne provoque pas volontairement ; je vous le dis, en vérité.

ANDRÉ SALMON.

*M. Eugène Montfort, Directeur des « Marges » nous prie courtoisement d'insérer à cette place la lettre suivante?*

Mon cher Salmon,

Pourquoi tenez-vous sur *Les Marges* des propos qui ne risquent de paraître justes qu'à ceux qui ne les connaissent pas? Vous pourtant, vous les lisez... Vous semble-t-il, vraiment, qu'elles puissent jamais devenir « radicales » ou « libertaires »? Pendant que vous y êtes, appelez-nous donc francs-maçons.

Voyons, Salmon, vous savez bien qu'on ne s'occupe chez nous que de littérature et d'art. Alors, pour vous c'est faire de la politique que de s'élever contre un état d'esprit qui gagne chaque jour davantage le public, — et qui tend à enlever tous les jours un peu plus de liberté à l'écrivain. Mon cher Salmon, quand on a le malheur de n'être point bâti pour écrire sur commande, on ne peut plus écrire nulle part aujourd'hui. On a élevé un mur entre l'écrivain libre et le grand public. Eh bien! si faibles que nous soyons, nous voulons donner des coups dans ce mur et y faire brèche.

Est-ce là ce que vous appelez, vous, *être radical?* Je croyais moi, que c'était tout simplement combattre pour la littérature qui ne peut vivre sans la liberté de la pensée.

Ah! dame! A ce jeu-là on peut attraper des coups et je ne vous blâme pas de vouloir rester chez vous. Mais alors de quoi vous mêlez-vous? Et pourquoi cette rage de tout rapetisser, de tout abaisser?

Bien cordialement,

EUGÈNE MONTFORT.

# POEMES

## *L'ALCHIMISTE*

Satan, notre mec, a dit
Aux poteaux et aux belles rombières :
— Icicaille est le vrai paradis,
Où l'orange nous désaltère.

La wallace couleur du ciel
Y lèche le long des allées
Les fleurs du Yunnam, et le miel
Qui tient nos âmes consolées.

Que la mort, et sa sœur l'amour,
La torture aux chemises noires,
Y composent pour vous, loin du jour,
Leurs poisons les plus doux à boire.

Que pour vous, qui m'êtes si chers,
Fumiers ! où l'Enfer ensemence,
Une harpe dessine dans l'air
Les contours secrets du silence.

Ainsi (à voix basse) parla
Le Maître subtil du Grand Œuvre.
Et Lilith souriait, dont les bras
Sont plus frais que la peau des couleuvres.

P.-J. TOULET.

## STANCES

### I

Ces plaisirs, aliment d'une jeunesse avide
Sur lesquels tu te crus un éternel pouvoir
Tu les goûtas à peine, et le regret rapide
Déjà prend dans ton cœur la place de l'espoir.

Ne te plains point, regarde : il n'est rien qui demeure,
C'est ainsi que s'enfuit un nuage léger,
C'est ainsi, chaque jour, que tourne d'heure en heure
L'ombre que font au sol les arbres du verger !

### II

De ces jardins pompeux et brillants la nuit sombre
Déjà détruit la forme et trouble les couleurs,
Les marronniers, les pins ne sont qu'un noir décombre
Et le jour fatigué se retire des fleurs.

Ne prends point de souci des arbres ni des roses,
Qu'importe à notre amour leur indigne trépas,
Va ! notre cœur échappe au désastre des choses
Lui qui sent venir l'ombre et qui ne tremble pas.

VINCENT MUSELLI.

## VIGNETTES SANS GENTILLESSE

### I

En traversant ces belles landes
Nous bûmes à ce filet d'eau.
L'air sec se musquait de lavande,
    Le jour était chaud.


On entendait des tourterelles
Râler dans les hêtres; le sol
Crissant sous nos lourdes semelles,
    Une prit son vol.


Compagnon, quelle ardeur à vivre
Nous animait ce beau matin!
L'un à l'autre chacun se livre,
    On chante un refrain;


Veste à bas, et chemise ouverte
Sur nos torses baisés du vent,
Pour foncer dans les terres vertes
    Quel splendide élan!


Un bois s'offrit, puis la rivière
Quand le soleil fut sur nos fronts.
Dans l'or des lumières plénières,
    Nus, nous nous grillons.


La crique s'ouvrit, moire et nacre,
Sous l'arc des feuillages penchants.
Nous nageons dans l'eau que diapre
    Le reflet des champs.

## II

Par un éboulement de rocher bousculée,
La masure penchait sur l'étroite vallée ;
Une source perlait dans l'ancien verger
Envahi d'herbes ; l'air léger
Etait battu, sans fin, du vol des aigles.
Là-bas, rompant son lit, brisant l'ordre et la règle,
Le beau torrent sautait le dos des rocs.
C'est là que sur du foin, près des brèches, des socs
Et des herses, sous l'œil campagnard des étoiles,
Tu caressais un soir la fille d'un fermier,
Sans souci d'étouffer tes râles
Et de faire un mâtin longuement aboyer.
Après cette joyeuse dépense de ton corps
Tu t'endormis avec le plus calme sourire.
Le chien se tait. Sauf les vaches du pré tout dort.
Le vieux château blafard dans son fossé se mire.
Au matin aigrelet chargé de vapeurs fines
La faim te rendit brusquement l'esprit.
Quels coups de vin sur des tartines de terrine !
Quand l'aube jaune alluma les collines
Nous partîmes gris dans le matin gris.

## III

On voudrait, compagnon, nous faire croire
Que tu es mort ! Stupide, cette histoire.

Quand on fut un aussi joyeux gaillard,
Gobeloteur et galant, on meurt tard.

Morte, ta belle cage thoracique
Rose et poilue ! Et ton bras dur — en trique !

Et l'œil de braise, et ces cheveux frisés,
Flammèches rousses de ton sang rosé !

Toi qui grimpais sur les pentes sauvages
Qu'un soleil fou fendait de traits en rage!

Toi le pêcheur des pâles nuits d'été
Qui tend tes rêts dans les fonds veloutés,

Ou, bras posés sur les courants, les braves
En les suivant de dos, flexible épave?

Toi mort, ce jeune corps plein de printemps,
Quel conte stupide, et plus irritant!

Nous nous retrouverons dans les guinguettes
Où nous aimions tant gloser des poètes;

On y pinte beau dans l'août fulgurant,
Malgré la riche fraîcheur du torrent,

Et ce pays de forêts et de roches
Rend immortels les beaux corps sans reproches.

ROGER FRÈNE.

# LES ECRIVAINS & LE VOTE

## ENQUÊTE

### RÉPONSES RECUEILLIES PAR M. ÉMILE ZAVIE

MM. Paul Acker; — André Beaunier; — Henry Céard; — Henri Duvernois; — Fagus; — Albert Flament; — Urbain Gohier; — Rémy de Gourmont; — Léon Hennique; — Charles-Henry Hirsch; — Ernest La Jeunesse; — Pierre Mille; — G. de Pawlowski; — Georges Polti; — J.-H. Rosny aîné; — Han Ryner; — Paul Souday; — Paul Signac; — Laurent-Tailhade; — Fernand Vandérem; — Clément Vautel; — Maurice de Waleffe; — Willette.

A l'heure où l'on parle réforme électorale, revision de la Constitution, extension des pouvoirs du président de la République, responsabilité des ministres, et même d'une crise de régime, il nous a paru intéressant de connaître l'attitude des écrivains et des artistes en face de ce spectacle et les raisons qui les tenaient curieux ou indifférents.

Nous leur avons donc adressé la lettre suivante :

Monsieur,

Les *Ecrits Français* ayant pris à tâche de concrétiser l'évolution de la pensée contemporaine ont cru intéressant de connaître l'opinion des hommes de lettres notoires et artistes de ce temps sur l'importante question du vote.

*Votez-vous, ou bien vous abstenez-vous? Et pour quelles raisons?*

*Considérez-vous que notre élite s'intéresse aujourd'hui à la Politique ou s'en désintéresse?*

Nous avons jugé inutile de demander à M. Maurice Barrès ce qu'il pensait des urnes. Nous savions que M. Barrès, député de Paris,

s'intéressait à la politique et, dans le *Paris-Midi*, M. André Billy
. nous avertissait que l'auteur de *Leurs Figures* votait toujours pour
son adversaire ; ce qui est très bien. M. Edouard Drumont, solide
écrivain, journaliste d'un grand talent, est également partisan du vote
et même du vote obligatoire !

Il n'était pas non plus nécessaire d'insister auprès de M. Jean
Richepin qui fut poète, matelot, chansonnier, comédien, auteur dramatique, romancier, chemineau et qui est aujourd'hui candidat aux
élections législatives. M. Jean Richepin doit avoir, comme il le dit
lui-même, encore beaucoup de « vies à vivre ». Ne désespérons pas :
il redeviendra peut-être écrivain.

Voici donc les réponses qui nous ont été adressées ; les dix premières sont celles d'écrivains qui votent ou ont voté ; les autres pro-
viennent d'hommes de lettres qui ont l'habitude de s'abstenir. Cependant, nous avons placé à la fin les opinions de MM. Rémy de Gourmont et Clément Vautel, qui ont tous deux, sur des publics peut-être
différents, une influence immédiate, et nous avons ainsi presque l'air
de conclure, ce qui n'est pas, puisque l'enquête continue.

.  <sub>*</sub>*<sub>*</sub>

M. Léon Hennique (1852) :

Grand, barbiche et moustaches grises, l'ancien président de l'Académie Goncourt ressemble à un officier supérieur qui aurait pris sa
retraite avant l'âge. La rosette d'officier de la Légion d'honneur
ajoute à cette ressemblance. Fils d'un général d'infanterie de marine,
il semble marquer une préférence pour les militaires : l'officier Ven-
tujol de l'*Accident de M. Hébert*, *Pœuf*, ce militaire que l'on conduit
au peloton d'exécution, le *Grand Sept* des *Soirées de Médan*.

En dehors de l'Académie Goncourt, M. Léon Hennique ne fait
partie d'aucune association, ni société, pas même de gens de lettres.

Voici la réponse de cet homme indépendant :

Quand je sais que dans ma circonscription, tel candidat
à la Chambre est une vulgaire nullité, ou un matassin ambitieux,
ou quelquefois pire, je vais toujours voter contre lui. C'est vous
dire, n'est-ce pas, que je suis un fervent du scrutin ?

Et je ne saurais croire d'ailleurs que certains, parmi
nous, soient vis-à-vis de la politique, aussi indifférents qu'ils
s'amusent à le raconter.

<sub>*</sub>*<sub>*</sub>

M. J.-H. Rosny aîné (1859) :

J.-H. Rosny a écrit de bien beaux livres : le *Bilatéral*, *Marc-
Fane*, *Nell'Horn*. Depuis Jules Rosny a écrit l'*Astérienne*, alors que,
dans le même temps, Henri Rosny publiait la *Vague Rouge* et *Marthe
Baraquin ;* ce qui expliquait les différences de deux talents et donnait

la clef d'une collaboration qui eut son temps de mystère à l'époque du « grenier ».

M. J.-H. Rosny aîné nous écrit :
Je vote.

L'élite, ce me semble est un peu irritée, sinon contre la politique, du moins contre les politiciens. Elle les trouve encombrants, elle juge qu'ils s'agitent trop et que leur agitation coûte trop cher.

*<sub>*</sub>*

M. André Beaunier (1869) :

Normalien, élève de Gaston Paris, il continue dans le haut journalisme la tradition d'Edmond About, de Prévost-Paradol de Sarcey, de Taine et de Jules Lemaître. Il a écrit un livre : la *Poësie Nouvelle* qui restera comme un précieux document. Deux romans où il étudie comme en se jouant, les mœurs de notre époque, sont à retenir : *Picrate et Siméon* (1904) ; le *Roi Tobol* (1905). Ce critique lettré, intelligent et narquois tient avec esprit la « Revues des Revues » et la « Revue des Journaux » au *Figaro*. Il a réuni ses articles nécrologiques sous le titre « *Eloges* ».

Voici la réponse qu'il nous envoie :

Mais oui, Monsieur, je vote : que puis-je faire de mieux pour écarter les barbares ?... je ne les écarte pas beaucoup ? Je le sais bien.

Que fait l' « élite » ? Je ne sais pas. Si elle se désintéresse de la politique, — tel est le malheur du temps, elle se désintéresse de ce pays : je ne l'approuve pas et ne l'appelle pas une élite.

*<sub>*</sub>*

M. Charles-Henry Hirsch :

Ce romancier rasé, brun et vif fut un poëte symboliste (les *Légendes naïves*). Il lui en est resté quelque chose : la curiosité pour les diverses littératures et un certain goût pour l'écriture artiste. Observateur sagace, romancier, conteur ironique et adroit, M. Ch.-H. Hirsch sait passer du *Tigre* au bel assassin Amaury et de Mademoiselle Eva Tumarche à la blonde petite Nini.

L'auteur de *Parfieu et Martin*, ces deux ivrognes sympathiques, répond à notre enquête:

J'ai voté : jamais mon candidat n'a été élu. Je ne vote plus, parce que les collèges électoraux agissent partout sous l'impulsion de l'alcool et de l'argent distribués par les éligibles. Il me répugne que mon suffrage désintéressé, que je raisonnerais avant de l'attribuer à celui-ci ou celui-là, soit annulé par le bulletin d'un pochard.

L'élite — je comprends que vous parlez là de l'intellectuelle, — s'intéresse à la politique seulement dans les périodes critiques que les parlementaires préparent par leur abjecte domesticité par rapport à l'électeur. Nous sommes, je crois, à la veille d'une crise sociale. Les gens comptables de leur culture et de leur intelligence envers la nation, se trouveront devant un devoir à remplir. Les prochaines élections législatives précipiteront peut-être les événements, aussi est-il possible que je participe au scrutin.

*<br>* *

M. PAUL SOUDAY :

Ce gros Normand décoré et cordial, au visage rond, représente chez nous la forte école du bon sens. Il juge droit et net. Ses chroniques dramatiques de l'*Eclair* font autorité ; et son rez-de-chaussée, au *Temps* est une cour de justice.

M. Paul Souday écrit de Palerme :

Votre lettre me rejoint à Palerme, où je ne songeais guère aux élections.

Oui, je vote, habituellement, d'abord parce que je vais retirer ma carte d'électeur qui peut être utile, et puis parce que mieux vaut, en somme, un député intelligent qu'un imbécile. Je considère la valeur personnelle des candidats plus que leurs programmes. Je voterais volontiers pour Anatole France ou pour Barrès, jamais pour Tartempion.

*<br>* *

M. ALBERT FLAMENT :

« Le Trottoir Roulant ! » Tout le Paris littéraire artistique et mondain de ces dernières années a fait sa pirouette sur ce plancher mobile et c'est une époque qui va des coulisses des Variétés aux Casinos des plages, des salles de rédaction à l'avenue du Bois. Quels documents pour les historiens de l'avenir !

Ami et admirateur de M. Henry Bataille, M. Albert Flament a voulu peindre, au jour le jour, l'écume de ce monde « parisien », faisandé, cosmopolite et artificiel. Il y a mis, pour le rendre présentable, des fleurs et des parfums, des compliments et de l'esprit, une malice qui court entre les lignes, et un peu de cet âpre scepticisme qui associe désormais, dans notre souvenir, le nom d'Albert Flament à celui du merveilleux Jean Lorrain.

Je vote. Les raisons ? Pourquoi refuser la seule arme dont un Français dispose pour essayer de maintenir encore la France à son rang.

Je pense que l'*élite* s'intéresse, aujourd'hui, passionnément à la politique. Elle a compris qu'elle avait trop longtemps laissé à d'autres — par une vaine élégance ou des sentiments de je m'en fichisme peu louables, -- la possibilité de faire triompher leurs théories, leurs appétits.

Une *élite* qui ne s'intéresse pas à la vie du pays, aux idées générales qui le conduisent n'est pas une *élite*.

Un homme intelligent qui ne vote pas, qui ne cherche pas, par tous les moyens dont il dispose — son bulletin de vote est le premier de tous et le dernier des paveurs en use, lui, — n'est pas un homme *intelligent*. C'est peut-être un *intellectuel*... Ce qui n'est pas du tout pareil.

*<br>* *

G. DE PAWLOWSKI :

Rédacteur en chef de *Comœdia*, critique littéraire, critique dramatique, conteur, romancier à la Wells et à la Mark Twain, chroniqueur, il a tout entrepris avec succès, jusqu'à *Polochon*, cette « courtelinade » réussie. Et il sait l'art de commenter *Ubu-Roi* aussi spirituellement que les comédies de MM. de Flers et Caillavet.

En réponse à votre enquête, pratiquement, je dois reconnaître que depuis une vingtaine d'années, je n'ai pas voté. Ceci n'est aucunement systématique de ma part, bien au contraire, mais jamais je n'ai pu me décider à choisir entre le traditionnel politicien ridicule et faussement avancé et le réactionnaire qui, sous couleur de libéralisme et d'indépendance, masque son opinion véritable.

Je n'ai jamais trouvé de candidat intéressant. C'est uniquement pour cela que je n'ai jamais pu me décider à voter. Je crois très fermement que la plupart des électeurs sont dans mon cas et que les élus ne représentent jamais véritablement leurs circonscriptions.

Pratiquement, je crois également que le suffrage universel aboutit à des résultats ridicules, mais très sincèrement je ne crois pas qu'on puisse le remplacer, ni même, comme dans certains pays étrangers, lui apporter quelque atténuation. Le principe est très beau en raison même de sa netteté. Il n'y faut pas toucher. Mais ce n'est pas, vous l'avouerez, en quelques lignes, qu'il est facile d'étudier d'aussi complexes questions.

*<br>* *

M. FERNAND VANDÉREM :

Distingué, simple, bon enfant, le sourire et la grâce de Paris, il eut les honneurs du Théâtre Français, écrivit des romans, donna des chroniques, au *Figaro* notamment, et n'en parut jamais surpris.

A mis en pièce la *Victime*, une de ses œuvres avec la collaboration de M. Franc-Nohain.

L'arrondissement où j'habite nomme de toute éternité un député conservateur; que je vote pour, que je vote contre, même prix. Alors, j'évite de me déranger.

Quant à notre élite, elle représente un si petit nombre de voix que ce n'est vraiment pas la peine d'en parler.

*<sub></sub>*

M. Maurice de Waleffe :

Le romancier du *Péplos Vert*, est grand, fort et courageux. Directeur de *Paris-Midi*, il s'est révélé comme un polémiste musclé.

Voici l'énergique « billet de Midi » qu'il nous envoie :

Je vote.

M'abstenir? Pourquoi? Ce serait égoïste et bête : le bonheur final de mes concitoyens ne m'est pas indifférent, et d'ailleurs, le même bâteau nous porte tous : *La France*. Nous naufragerions avec elle ou, en tout cas, nous boirions un fameux bouillon!

L'élite (si par ce mot, comme je le suppose, vous entendez l'élite artiste et savante, car il y en a d'autres, pour qui la question ne se pose même pas) l'élite d'aujourd'hui s'intéresse davantage à la Politique que celle d'il y a quinze ans. Non pas, je crois, à la politique intérieure, qui ne lui plaira jamais beaucoup. Mais à la politique extérieure, à cause du danger allemand. Nous avons l'exemple du cruel réveil des Renan et des Théophile Gautier en 1870. On ne nous surprendra plus Nous sommes, hélas! payés pour être sur nos gardes!

*<sub></sub>*

M. A. Willette (1857) :

Des messieurs en haut de forme, aux bons yeux naïfs, des petites femmes aux joues et aux fesses rebondies...; le nom de Willette est inséparable du *Courrier Français*, du Montmartre qui disparaît et de toute une époque qui n'est plus; mais revit dans le *Parce domine*. Ce maître continue chez nous la tradition des gracieux peintres du XVIII° siècle, qui savaient allier un brin de sentiment à pas mal de volupté.

Depuis que je suis électeur, je n'ai voté que quatre fois dont une en 1889, pour moi-même, alors que je m'étais porté candidat à la députation.

Par la gravure symbolique qui décorait mon affiche électorale, je prouvais que j'exerçais un métier manuel, par le texte qui la composait je témoignais d'une certaine instruction, en

parodiant pour le bien de la cause, cette très belle phrase : « Les grands ne sont grands que parce que nous sommes à genoux... levons-nous ! » Clio est une muse bien méconnue : cela fut pris pour de l'esprit montmartrois ! C'était malheureusement une prophétie : ce péril que j'avais le courage de signaler a grossi depuis !... je ne voterai donc que pour ceux qui promettront de faire établir sur les étrangers en France, l'impôt le plus écrasant.

Qu'appelez-vous « notre élite » ?

Vous ne pouvez songer, un instant, à « ceusses du Tout-Paris » qui abrutis par le bridge, ou encore tout essoufflés d'avoir dansé le tango, vont s'écraser au cours d'un demi-Abeilard !... non, n'est-ce pas ?

« Passant, cette frontière est libre ! » s'écrie, quelque part, Gœthe en désignant la France et le chemineau indésirable, ayant franchi cette frontière trop libre, bouscule, écrase, nous calomnie, dévaste nos forêts et ne craint pas de nous dire : « Cette frontière est à moi : c'est à vous d'en sortir... si vous me gênez ! »

A un dessinateur roumain qui avait trouvé une grasse sinécure à l'imprimerie Paul Dupont, je reprochais, un jour qu'il faisait triste, de n'être pas resté en Roumanie, et lui, sachant mon lieu de naissance, me cloua le bec en me disant : « Et toi, pourquoi n'es-tu pas resté à Châlons-sur-Marne ? »

Comment reconnaître une élite qui serait nôtre alors qu'on voit dans ce pays de France des statues de souverains étrangers et que celles des rois qui l'ont fait n'existent pas !... Alors que notre littérature est devenue scandinave que d'Artagnan est devenu Buffalo-Bill ou Nick Carter, que notre diplomatie est anglaise, que le théâtre est russe, que la musique est nègre, que l'art est allemand, que la poësie est belge et la philosophie américaine !

Et si elle était nôtre que pourrait être cette élite dont l'enfance a été si imprudemment confiée à ces vachères allemandes et anglaises qui s'imposent à la table familiale ?

L'élite actuelle que nous subissons est en réalité cosmopolite : je considère qu'elle devrait, au moins, avoir le bon goût de se désintéresser de la politique... oui, mais voila... les affaires sont les affaires ! Au diable ! ces Français qui font toujours du sentiment !

*<br>* *

M. Henri Duvernois :

Ce qu'il écrit semble vécu, pris sur le fait et c'est toujours d'une drôlerie vraisemblable. M. Duvernois est un conteur d'une abondance et d'une facilité merveilleuses. On se demande : « Quel livre va-t-il nous donner à présent que nous ne pourrons entr'ouvrir sans le lire en entier ? » Et après *Crapotte, Popote, Nounette*, voici le *Faubourg-Montmartre*. Après les *Marchands d'oubli*, les *Demoiselles de perdition, Fifinoiseau*, voici le *Chien qui parle*.

Nous consolerons-nous jamais ? L'auteur de la *Maison des confidences* n'a pas cru devoir nous confier son secret.

J'ai reçu votre questionnaire — et je vous prie de ne pas m'en vouloir si je me récuse. Mais vraiment je n'ai sur ce sujet aucune — ce qui s'appelle aucune — compétence.

*<br>* *

M. Henri Céard (1851) :

Ce nom évoque aussitôt les *Soirées de Médan*, Alphonse Daudet et les Goncourt, Guy de Maupassant, neurasthénique et poli, et le bon visage de Gustave Flaubert.

M. Henry Céard écrivit des romans, *Une belle journée*, *Terrains à vendre au bord de la mer*, fit de la critique littéraire, dramatique et musicale à divers journaux, donna des pièces au Théâtre Libre, comme les *Résignés*, et documenta Emile Zola pour quelques-uns de ses volumes scientifiques...

Il passe aujourd'hui sur le boulevard, toujours jeune, monocle à l'œil, saluant à droite, saluant à gauche, revenu de bien des choses, mais toujours épris des belles-lettres. « La tête la plus solide du groupe », écrivait hier M. Léon Daudet ; et la philosophie de M. Henry Céard n'est-elle pas un peu celle du Malbar *des Terrains à vendre* : « Désabusé des vertus de l'humanité, il s'était résigné à ne plus se réjouir que du spectacle de canailleries... »

La recette qu'il nous fait l'honneur de nous confier est très précieuse :

Puisque vous désirez connaître quel usage je fais de ma carte d'électeur, je vous révèle, confidentiellement, que je l'emploie avec succès pour retirer des lettres en souffrance à la poste.

*<br>* *

M. Pierre Mille (1865) :

Il fut correspondant de guerre des *Débats,* il vécut à Madagascar, au Soudan, au Congo, en Asie-Mineure, dans l'Inde et l'Indo-Chine. Il a écrit : *De Thessalie en Crête, Au Congo belge, Sur la vaste terre, Barnavaux et quelques femmes, Cailou et Tili*, etc., etc.

Aujourd'hui, il apporte au *Temps* son esprit piquant et sa drôlerie accoutumée. Il dissèque Guillaume Apollinaire et découvre que Han Ryner, ce n'est pas un mythe. Il a célébré Psychodore, comme il a chanté la vaste terre. Ce conteur ingénieux a toujours eu le goût des découvertes...

Sa réponse est — comme on s'y attendait — des plus sérieuses et des plus sensées :

Je n'ai jamais pu avoir une opinion politique proprement dite.

Si l'on me demandait de me prononcer sur une question littéraire, je saurais peut-être répondre.

Si l'on me demandait de me prononcer sur une question coloniale, je saurais peut-être répondre.

Mais un Parlement où l'on peut envoyer n'importe qui parler de n'importe quoi, est une chose qui m'a toujours parue excessivement joyeuse.

Je serais, pour ma part, plutôt syndicaliste.

*<br>* *

M. Laurent Tailhade (1854) :

« Le hasard des temps a décroisé ses mains faites pour l'oraison » écrivait en 1894, M. H. de Régnier.

Laurent Tailhade fut d'abord un poëte catholique (*Vitraux*); il prépare aujourd'hui une *Sainte-Thérèse;* mais personne n'a oublié ses *Lettres familières* (1904) et ses *Poèmes aristophanesques.*

Cet homme de lettres est extrêmement poli. Il parle haut. Il est aimable et lointain, avec quelque chose de distant et d'amer qui décourage les sympathies; mais il s'en fiche. Il use d'un style à l'emporte-pièce, coloré, imagé, et très classique. Il n'invective contre les gens que par écrit; mais il croise le fer facilement.

Ceux qui l'ont aperçu, même une seule fois, le reconnaîtront dans sa réponse :

Tenez, je suis assez de l'avis de Charles Benoist avant qu'il eût inventé la R. P. Dans une série d'articles parue dans *La Revue des Deux-Mondes,* et qui me semblaient pleins de bon sens, il demandait une représentation professionnelle, ce qui se rapproche, en somme, beaucoup de l'idéal syndicaliste.

*Je n'ai voté de ma vie* et me flatte de ne voter jamais.

En effet, j'estime qu'il est très suffisant d'être, chaque jour, le « confrère » de M. Henri Bordeaux, pour se ramentevoir le néant de la condition humaine, sans avoir besoin par surcroît, de s'égaler, tous les quatre ans, au charbonnier du coin, à MM. Millevoye, Henri Galli [chet], vicomte d'Andigné, Maurice Talmeyr et autres pédicures.

*<br>* *

Ernest la Jeunesse (1874) :

On sait qu'il est venu de Nancy à Paris pour écrire les *Nuits, les Ennuis et les Ames de nos plus notoires contemporains.* Ce fut un succès qui fit quelque peu scandale. Ernest la Jeunesse

prit alors cette physionomie bien connue que l'on s'accorde à dire
« bien parisienne ». Couvert de breloques, la tête enfouie sous un
chapeau qui a des cheveux, une face antipathique, toujours rasée de
la veille, monocle, La Jeunesse s'en va sur les boulevards, traînant
des pieds hésitants, qui semblent emmitouflés de coton. Sa voix est
aigre et sa canne menaçante. Si on l'arrête, il tire de ses poches des
miniatures, des matraques, des plâtres, des médailles, toute une bro-
cante...

Est-il nécessaire de rappeler qu'il avait établi sa permanence au
Calisaya, au Cardinal, et au Napolitain; mais Calisaya n'est plus, le
Cardinal et le Napolitain sont envahis par les Camelots du Roi, et
La Jeunesse, un peu plus voûté, promène maintenant sa tristesse à la
recherche d'autres curaçaos blancs... La voilà bien, l'*Imitation de
notre maître Napoléon!*

La réponse de M. La Jeunesse n'est pas une lettre; c'est une
proclamation. Nous l'insérons comme telle :

ECRITS FRANÇAIS,

Je n'ai jamais voté, je ne vote point et je ne voterai jamais.

Antiparlementaire et césarien convaincu, je n'ai été candidat aux élections législatives qu'en 1909, l'espace d'un
moment, et à cette fin de donner une formule politique qui,
sans m'avoir servi, a servi à d'autres : « Tendre la main, dans
tous les partis, aux hommes d'ordre et se soucier moins de la
forme du gouvernement que d'un gouvernement digne de ce
nom. »

Les électeurs de la 2° circonscription de Pontoise n'ont
même pas eu à se déranger pour et contre moi.

Il se peut que je me présente au Sénat, si je survis à l'ho-
norable M. Mézières. Mais c'est douteux.

Je suis pour le coup d'Etat, pour les baïonnettes, fort de
cette idée que le peuple ne peut être mené au bien-être, à la conscience de soi-même et à la perfection qu'à coups de pieds dans
le cul.

Salut et fraternité, Ecrits français !

ERNEST LA JEUNESSE.

***

M. PAUL ACKER (1874) :

Né à Saverne (Basse-Alsace). Chroniqueur, romancier, il a donné
*Dispensé de l'article 23* (1898). *Humour et humoristes* (1899) et les
*Petites confessions* (1903).

Il publia récemment le *Soldat Bernard;* histoire simple d'un jeune
anarchiste que le régiment et l'exemple d'un courageux officier ramè-
nent à la pratique des vertus. C'est très bien, mais nous préférons
M. Paul Acker lorsqu'il nous parle d'un *Amant de cœur.*

La réponse qu'il fait à notre enquête est nette et courageuse :

1° Je ne vote jamais. Le vote est le plus grand mensonge qui existe et il ne sert qu'aux minorités, qui détiennent le pouvoir. On ne changera rien à un régime par le vote, car c'est toujours le gouvernement qui fait les élections. Or, désirant le changement, comment pourrais-je espérer que les élections me le donneront ?

2° On ne s'est jamais autant occupé de politique. Elle domine tout. Et cette fois, c'est vraiment l'existence de la France qui est en jeu. « Politique d'abord », comme dit Maurras. »

★<br>★ ★

M. Urbain Gohier (1862) :

Vous savez avec quelle vigueur, cet ardent polémiste prit parti au temps de l'Affaire, et la campagne qu'il mena contre les *prétoriens*, les *kaiserlicks*, *l'armée de Condé*, etc. Comme c'est loin, tout cela, déjà !

Pendant vingt-cinq ans et plus, M. Urbain Gohier a écrit dans des quotidiens différents, gardant toujours et partout sa fière indépendance d'écrivain libre.

M. Ernest Vaughan lui avait demandé en 1897 s'il ne lui plairait pas de préluder à *l'Aurore* par un roman tiré du drame (*Le Ressort*) qu'il avait en préparation. Il répondit :

— (28 septembre 1897) « Merci beaucoup, cher Monsieur, de votre offre si aimable mais je n'avais pas pensé à la possibilité de cette transformation et rien de présentable ne serait prêt à temps. Et puis je réserve la « littérature » pour mes vieux jours, quand je ne serai plus bon pour la bataille. Pour le moment je ne souhaite que des coups (surtout des coups à donner) si vous m'en fournissez l'occasion dans un bon journal de combat..., etc. »

L'Urbain Gohier d'hier est tout entier dans cette lettre; celui d'aujourd'hui, se présente, je crois, ressemblant dans cette réponse :

Je n'ai pas voté depuis vingt ans.

Parce que je ne puis pas décemment donner mon suffrage aux candidats que suscite le régime électoral actuel.

L'élite de la nation se désintéresse de la politique parce que les politiciens de « mares stagnantes » sont l'écume de la nation.

Les Français demeurés sains et propres regardent de loin les agitations du monde parlementaire comme ils regarderaient de loin les cabrioles d'une bande de singes obscènes, grotesques et dangereux.

L'abstention dégoûtée est la seule forme de courage dont restent capables les honnêtes gens dans notre pauvre vieux pays.

J'ai essayé, tout le long de ma carrière, de démontrer que l'honnêteté lâche n'est pas une complète honnêteté.

M. Georges Polti :

Très indulgent, très poli. Les livres qu'il adresse à ses amis sont toujours fleuris de dédicaces hyperlouangeuses. Une amabilité excessive et, peut-être, un peu méprisante pour tout ce qui ressemble à un confrère. Georges Polti s'amuse même à rédiger les « envois » de certains jeunes, ce qui donne à ces innocentes plaquettes une valeur inattendue.

L'intelligence de M. Polti est quelque chose — disons le mot — de prodigieux. Sa science : une encyclopédie.

Deux livres de lui font autorité parmi les exégètes de la scène : *Les trente-six situations dramatiques* et *l'Art d'inventer les personnages*.

M. Polti est plongé en ce moment dans la mythologie et les temps fabuleux.

Au physique : des yeux ronds, énormes, derrière de gros verres. Taille moyenne.

Signe particulier : s'occupa d'ésotérisme, fut même mage ou sâr, croit aux réincarnations, aux fantômes et à la divinité de M$^{me}$ Aurel.

1° Dupe, soit. Complice, jamais.

Il me faut bien subir le coquin que des voisins m'auront imposé comme maître pour quatre ans. Mais contribuer à leur en imposer un ? nenni.

2° Jamais *l'élite* ne s'est intéressée ni ne s'intéressera à la politique, cette revanche du *nombre* contre elle. Mais souvent qui *tombe* dans la politique se voudrait encore *les apparences* de l'élite : homme public et femme publique, identique comédie !

*<sub>*</sub>*

M. Fagus (1872) :

Ce Français de pure race est né, par hasard, à Bruxelles le 22 janvier 1872. Il habita longtemps Belleville, rue des Fêtes, en face d'une communauté religieuse et son âme catholique se réjouissait de voir les cornettes qui se penchaient le matin pour ouvrir les volets.

Critique d'art à la « *Revue Blanche* », il imagina à la *Plume* un curieux « *Parloir aux Images* » où il commentait les événements.

On cite de lui *le Testament de sa vie première;* les *Jeunes Fleurs;* il tourna même la roue d'*Ixion;* mais ses intimes connaissent par cœur certains couplets de la *Danse Macabre*.

Blond aux yeux bleus. Eté comme hiver, la légendaire pélerine; le béret ou le chapeau cronstadt.

D'Eschyle à Dante, d'Alain Chartier à Ronsard, de Malherbe à André Chénier, « notre » élite (et toute élite) s'est connu un devoir politique, impérieux. Nos plus beaux ouvrages furent le résultat et la récompense de son accomplissement. La « tour d'ivoire » a été un suicide excusé par l'ignominie démocratique; mais Barrès, mais Maurras ont remontré l'exemple. — Donc, voter? pourquoi pas — tout en n'estimant un vote que pour ce qu'il mérite : pour pas grand'chose? — Et, à un point de vue plus immédiat, le vote pourra, parfois, contribuer à avancer la fin d'un régime que toute élite ne saurait qu'abominer, et qui signifie la mort de l'art d'écrire et la prostitution des écrivains.

*<br>* *

M. Paul Signac (1863) :

C'est un écrivain naturaliste. Il a écrit plusieurs nouvelles à la manière de Zola : *Mounard dit la trique* (1882) une *Crevaison* (1884) et c'est M. Tabarant qui nous le dit.

M. Paul Signac est aussi le théoricien du néo-impressionnisme, de la division du ton en peinture et le président de la Société des *Indépendants*.

Un volume de critique : « *De Delacroix au néo-impressionnisme* ».

Non, certainement, je ne vote pas; je n'ai jamais voté. Mais n'est-il pas de mode plus efficace d'action sociale? Et de cela je ne me désintéresse pas, car je pense qu'un artiste ne peut rester indifférent à la douleur, à l'injustice, à la laideur de son temps.

*<br>* *

M. Han Ryner :

On le rencontre parfois à la Closerie des Lilas : chapeau de feutre mou, barbe épaisse et courte, un lorgnon sur un petit nez. Ses amis l'ont proclamé « Prince des Conteurs ». Il porte ce titre avec conviction et sérénité.

Un critique bienveillant l'a comparé à Voltaire, « un Voltaire perfectionné », disait-il. M. Han Ryner n'en possède ni le masque ni le sourire; mais il a écrit l'*Homme-Fourmi*, les *Voyages de Psychodore*, le *Cinquième Evangile*, etc.

On a fait quelque bruit autour de ses dernières œuvres. On oublie trop ce virulent et amusant « *Massacre des Amazones* », où l'on peut glaner de jolies méchancetés sur les premiers essais de jeunes poétesses qui, alors, étaient peut-être agréables si elles n'avaient pas plus de talent qu'aujourd'hui.

Et l'on néglige aussi ce livre sur les écrivains « prostitués », livre partial s'il en fut, et qui rapporta à M. Han Ryner des ennemis pour toute sa vie et même au-delà.

Il est peut-être également impossible de poser une question à autrui et de répondre à une question qu'on n'a pas posée soimême. C'est pourquoi, d'ordinaire, je néglige les enquêtes. J'aime trop cette revue de tenue parfaite et de vie intense, *Les Ecrits français*, pour ne pas oublier, quand c'est elle qui interroge, ma coutume silencieuse. Voyez aussi, je vous prie, dans ces quelques lignes, une marque d'estime et de sympathie pour l'enquêteur.

*Votez-vous, ou bien vous abstenez-vous?* Ah! comme, s'adressant à moi, la question est mal posée ! Je ne vote pas, mon cher confrère, et je ne m'abstiens pas. J'ai toujours négligé de me faire inscrire sur les listes électorales : les statistiques ne peuvent me compter, vous le voyez, ni parmi les votants, ni parmi les abstentionnistes.

Les raisons de mon attitude? A les dire toutes, je craindrais d'être injurieux pour nos honorables députés, pour nos éminents sénateurs, pour nos glorieux ministres. On ne devient le conseiller d'un roi ou l'élu d'une foule qu'en multipliant flatteries, mensonges et bassesses. Une telle ambition rampante, un tel sacrifice de tout ce qu'il y a de noble en nous, comment l'expliquer, sinon par de grossiers intérêts personnels? Quiconque sollicite la confiance du monarque ou du peuple se manifeste, par cela seul, indigne de toute confiance. Quelle que soit la forme du gouvernement, la sélection naturelle livre le pouvoir aux êtres qui moralement sont les plus vils. Sous un roi et sa cour de favoris, sous nos maîtres financiers et leur valetaille de ministres, nous sommes toujours soumis à une *kakistocratie.* Tous les gouvernements restent, suivant un mot de saint Augustin que M. Louis Bertrand s'est bien gardé de citer, « de grands brigandages (1). » Prisonnier d'une bande de brigands, je ne mêle pas, par dignité, aux intrigues pour le choix du capitaine.

Votre seconde question, mon cher confrère, ne m'embarrasse pas moins que la première.

*Considérez-vous que notre élite s'intéresse aujourd'hui à la politique ou s'en désintéresse?*

Mais cela dépend de ce que nous entendrons par élite! L'élite est-elle formée par les intelligences réalistes et conquérantes, par les Machiavels contemporains et les Borgias actuels : ah! comme la politique l'intéresse, ou la Bourse, cette surpolitique! Si nous y comprenons — et cela semble juste — les jeunes artistes et les jeunes savants, gloire de demain et un peu d'aujourd'hui, plusieurs ne sont pas encore démaillotés de la naïveté électorale. Mais, si nous attendons, pour l'inscrire dans l'élite, qu'un homme ne se laisse plus séduire aux mirages trop

---

(1) Saint Augustin parle naïvement de « gouvernements sans justice »! Mais il n'est pas besoin d'être profond comme Machiavel pour s'apercevoir que le concept « gouvernement juste » est ridiculement contradictoire. Léviathan est un animal inférieur, incapable de scrupules, et qui n'a jamais songé qu'à durer et à grandir.

grossiers et si nous exigeons de lui un peu de propreté morale, l'élite, ainsi entendue, se désintéressera de toute politique. Pour les mêmes raisons qu'elle se refusera à voler et à faire la courte échelle au cambrioleur.

A l'époque où les chrétiens tenaient à rester d'honnêtes gens, Tertullien disait : « *Nulla res tam aliena nobis, quam publica.*

*<br>* *

M. Clément Vautel :

Alors que la sagesse était naguère enseignée au *Matin* par un vieux Monsieur, c'est un homme glabre et discret qui parle aujourd'hui du haut de cette chaire difficile. Sa parole, pleine de bon sens, est comprise par des milliers de lecteurs qui, parfois, la commentent d'un énergique : « C'est tapé ! » Et puis, ils pensent à autre chose.

Que de « littérateurs » n'ont jamais entendu l'écho de ce naïf éloge !

M. Clément Vautel fit quelques comédies en collaboration avec M. Léo Marchès, mais il semble bien avoir renoncé au théâtre et partage sa vie entre deux grands quotidiens, l'un du soir, l'autre du matin.

De taille moyenne, d'apparence assez jeune, M. Vautel ressemble à un comédien malicieux. Il n'est pas misanthrope, mais réservé et un peu farouche. Et il assume une tâche que les écrivains ténébreux contre qui il partit souvent en guerre, ne sauraient sans doute pas mener à bien.

Je vote.

Dans nos démocraties, l'homme n'est qu'un roseau, mais c'est un roseau votant.

Chacun doit faire son devoir : il n'y a pas de devoir méprisable. Ne pas voter, c'est ou bien une paresse, ou bien une vanité. On ne veut pas faire comme « ces imbéciles ».

C'est en raisonnant de la sorte qu'on livre la France aux gens que vous savez.

Notre élite, dites-vous...

Quelle élite ?

Qui peut, sans ridicule, se figurer qu'il fait partie d'une élite ?

C'est encore montrer une vanité bien littéraire que de dire :

— Nous autres, l'élite...

Cela vaut le fameux « Nous autres, gentilshommes du Moyen Age ».

La postérité seule classera quelques-uns de nos contemporains dans l'élite.

Ceci dit, je pense que la politique a passionné et passionne tous les grands écrivains, — vraiment grands. Car la politique embrasse toutes les questions, renferme tous les sentiments, les plus élevés comme les plus bas. Rien de plus vivant, de plus ardent.

Sans doute, il y a des écrivains qui dédaignent la politique. C'est toujours de la vanité. Ils s'étonnent qu'à leur « génie » la foule préfère la « faconde » de « ces gens-là ». Et, avec une secrète amertume, ils se retranchent dans une tour d'ivoire, d'où ils sortent d'ailleurs pour scruter dans des élections de princes, des académies, des aréopages, des brasseries...

Et ça, c'est bien la plus sale des politiques !

★<br>★ ★

M. Rémy de Gourmont (1858) :

C'est un homme extraordinaire. Un feutre mou coiffe le sommet de sa forte tête. Un monocle à ruban noir, une canne. Il se promène, à petits pas, sur le boulevard Saint-Germain ou le long des quais de la Seine.

Un « symboliste repenti » disait de lui M. Francis Chevassu. Le fait est qu'il a tout essayé : il a écrit des poèmes et des dialogues, des « proses » et des chroniques, il a composé toutes sortes de romans : il fit paraître *Sixtine*, « roman de la vie cérébrale », après *A-Rebours*, alors qu'il était en relations avec J.-K. Huysmans, il donna les *Chevaux de Diomède*, modèle d'un genre inimitable, et le *Cœur virginal*, qui est une œuvre naturaliste.

Et il ne faut pas négliger l'*Esthétique de la langue française* et le *Problème du style*, domaines où M. de Gourmont manœuvre avec aisance.

Ce grand laborieux publie chaque jour dans la *France* un billet d'une philosophie « pertinente », comme dirait M. de Gonzague Frick. Voici ce qu'il écrivait le 9 mars :

Celle-ci est d'intérêt politique, quoique lancée par une revue littéraire fondée par des jeunes gens : *Les Ecrits français*. Son questionnaire est bref autant que clair :

« Votez-vous, ou bien vous abstenez-vous ? Et pour quelles raisons ? »

Je le cite pour permettre à ceux que passionnent les questions politiques de pouvoir suivre les réponses qui lui seront données. Il est malheureusement à craindre que les abstentionnistes, gens qui s'enfoncent dans l'indifférence, n'y voient qu'une occasion de plonger encore un peu plus profondément ou plus simplement de hausser les épaules et de s'en aller rêver plus loin. Et quant à ceux dont l'indifférence serait moins farouche, n'auraient-ils point quelque pudeur à avouer un tel désintéressement de la chose publique et quelque difficulté à en trouver les motifs? C'est un peu une confession qu'on leur demande. Il serait pourtant curieux de savoir s'il y a une majorité d'abstentionnistes parmi la jeunesse littéraire d'aujourd'hui, comme je suis à peu près sûr qu'il y en avait et qu'il y en a toujours une parmi les littérateurs de mon âge. C'est là un état d'esprit qui n'a pas dû beaucoup changer et que, pour ma part, je m'explique assez bien. C'est presque un aveu. Oui, je le reconnais : quoique je sois fort attaché à un régime qui, jusqu'ici, a garanti ma liberté d'homme et ma liberté d'écrivain, ce dont je lui suis très reconnaissant, je n'ai jamais voté. Mais il est probable que je ne me serais pas abstenu sous un régime qui les eût menacées ou même discutées. Beaudelaire s'est vanté, peut-être mensongèrement, d'être descendu dans la rue et d'avoir fait le coup de feu en 1848. J'ai senti parfois que j'aurais au moins de telles velléités contre un régime destructeur de la liberté. Mais le vote m'a toujours paru une opération beaucoup plus grave : comment choisir entre Dupont et Durand?

La deuxième partie de l'enquête et les conclusions paraîtront dans le prochain numéro des *Ecrits français*, *le 5 mai* 1914.

Emile Zavie.

# LES NATIONS D'APRÈS LEURS JOURNAUX

(Petit essai de psychologie de la presse)

(*Suite*)

*Un pays a la presse qu'il mérite*

## II. LES GERMAINS (1)

*Allemands (2)*

On ne s'étonnera point que nous nous préoccupions surtout ici des Allemands de l'Empire, puisque ce sont eux qui représentent aujourd'hui dans le monde l'idée allemande,— non seulement la représentent, mais l'imposent. Le manque d'énergie et de caractère des Autrichiens, particulièrement ce défaut de civisme qui les met à la merci des concitoyens slaves et inspire aux Allemands de l'Empire un mépris mêlé de regret, détourne de Vienne le fort de notre attention. C'est cette dégénérescence de l'Allemand du Sud que le *Berliner Tageblatt* appellera, un peu indirectement, « la décomposition indéniable de la Monarchie habsbourgeoise ». Enfin, bien que possédant quelques grands journaux, commme la *Neue Zürcher Zeitung*, les Suisses se tiennent trop à l'écart, sinon de la pensée, du moins des inquiétudes et des mouvements, des fébrilités des grandes nations européennes, pour nous attirer beaucoup.

Même ramenée à ces limites précises, ce chapitre n'en représente pas moins la partie la plus lourde, la plus ardue et la plus complexe de notre étude. D'abord l'énormité de la matière journalistique à examiner et dont on se rendra compte plus loin; ensuite l'extrême complexité de tout ce qui est allemand, même pour les Allemands; sans parler des hésitations que provoque chez tout Français scrupuleux la crainte de se montrer partial.

Nous avons conscience qu'il n'existe pas une Allemagne au même sens qu'il existe une France. Quand nous écrivons ce mot : la France, on conçoit aussitôt, dans un cadre géographique séculaire et précis, une certaine nation ayant une certaine histoire claire et centralisée, jouissant d'une unité presque parfaite, présentant enfin un caractère

(1) 263 millions.

(2) Dans le monde 90 millions. Dans l'Empire allemand 62 millions. En Autriche-Hongrie 11 millions. En Suisse 2 millions et demi.

plutôt simple et net. On ne saurait se faire des représentations équivalentes en lisant ou entendant le mot : Allemagne (3). Si l'on prétend la concevoir *dans ce sens*, l'Allemagne n'existe pas. Il existe un Empire allemand. Voilà la réalité. Et cette réalité est autrement complexe que la réalité France. Non seulement elle est complexe, mais elle est obscure, mystérieuse souvent, et, nous le répétons, pour les Allemands eux-mêmes. Si nous insistons dès le début sur ce point, c'est afin de mettre en garde le lecteur français contre ses péchés nationaux : la simplicité, la clarté à tout prix. En ce pays, on voit trop de gens admirer niaisement l'Empire d'outre-Rhin parce qu'il présente l'aspect de la plus grande force; mais on en voit encore beaucoup plus résolus à ne le point admettre comme œuvre bonne, parce qu'il sort de nos conceptions françaises de la Société, de la Nation et de l'Etat.

Ce qui nous frappera d'abord, dans l'étude de la presse allemande, c'est la décentralisation de cette presse. Hambourg avec le *Hamburger Fremdenblatt* et les *Hamburger Nachrichten*, Cologne avec la *Koelsniche Zeitung*, Frankfort avec la *Frankfurter Zeitung*, Munich avec les *Münchener Neueste Nachrichten*, Leipzig avec les *Leipziger Neueste Nachrichten*, jouissent d'aussi grands organes que Berlin avec le justement célèbre *Berliner Tageblatt*. Cependant la capitale conserve l'avantage du nombre et de la variété, avec la vénérable *Vossische Zeitung*, la *Deutsche Tageszeitung*, le *Berliner Lokal Anzeiger*, la *Morgenpost*, la *Berliner Zeitung am Mittag*, la *Germania*, le *Vorwaerts*. Nous en passons.

Cette presse allemande se distingue de toutes les autres presses du monde, mais, dirons-nous, par un caractère de masse, non par une particularité toute spéciale et immédiatement définissable. Le journal allemand est le plus grand et le plus sérieux effort de presse qui ait jamais été fait. Bref : supposez le *Matin* absorbant la matière politique du *Temps*, plus celle économique et financière de l'*Information*, ajoutez-y celle littéraire et philosophique du *Journal des Débats*, et ainsi vous aurez une idée de la matière d'un grand journal allemand. Nous avons bien dit la *matière*, non la forme. Pour nous cette forme est terrible, horrible, rebutante. Elle a cependant sa raison d'être, comme on verra.

Un grand journal allemand paraît au moins deux fois par jour, le matin et le soir, et chacun de ces deux demi-numéros est accompagné de feuilles supplémentaires. Le *Berliner Tageblatt* peut publier jusqu'à dix-huit et vingt de ces feuilles supplémentaires et offrir par conséquent un numéro complet de plus de quatre-vingts pages, publicité comprise (4). La *Neue Freie Presse*, de Vienne, est parfois plus volu-

---

(3) Nos ancêtres se montraient plus avisés que nous, en employant ce mot au pluriel : les Allemagnes.

(4) La plupart des grands journaux publient en outre, sous forme de suppléments détachés, de petites revues hebdomadaires humoristiques, littéraires, scientifiques, industrielles, techniques agricoles, avec illustrations.

mineuse encore. Or, bien que comprises dans le même numéro, chacune de ces feuilles n'en présente pas moins un petit journal spécial, enregistrant *la suite* des événements. Sur chaque feuille réapparaissent les grandes rubriques, s'inscrivent les télégrammes. On conçoit que l'ensemble est nécessairement confus, surtout si l'on songe que toutes ces rédactions sont traversées d'annonces. Rien de plus pénible à fouiller qu'un journal allemand. Cependant la méthode est loin de faire défaut. Enfin, il n'y a pas moyen de procéder autrement, une fois adopté le principe de donner pour base à la presse la publicité.

Car voici le secret de ces feuilles supplémentaires : les annonces. Dès que l'Administration a de quoi remplir une demi-feuille supplémentaire d'annonces, la Rédaction doit fournir l'autre demi-feuille supplémentaire de texte. Détail dont on saisira tout à l'heure l'importance. Les exigences de la publicité ont stimulé la rédaction, l'ont développée; ce sont elles, en un mot, qui l'ont contrainte à ce déploiement unique au monde et qui ferait dire, à la seule vue des journaux allemands : « Voilà le peuple le plus instruit de la terre. » Si nous ne nous trompons pas, pareil dualisme, permettant d'unir dans la même œuvre, et poussés à la même intensité, les poursuites les plus pratiques et, nous le verrons, les soucis les plus intellectuels, est chose bien allemande.

Le réseau des rubriques, ample et serré, ne saurait rien laisser échapper des manifestations de la vie mondiale, car c'est bien de la vie mondiale qu'il s'agit pour les Allemands. Chaque peuple est assez enclin à se considérer comme le centre de l'Univers; toutefois cette inclination reste le plus souvent à l'état de rêve. On ne saurait soumettre ce qu'on ignore. La presse allemande aspire à tout savoir, tout enregistrer. La passion intellectuelle et la passion conquérante vont ici de pair.

Le journal allemand s'ouvre d'ordinaire sur quelque important article politique ou d'idées générales, dont voici quelques titres, assez éloquents par eux-mêmes, relevés dans les derniers quotidiens. Dans le *Berliner Tageblatt* du 3 mars : La dépopulation dans les colonies, par le professeur Diedrich Westermann; Accord avec l'Angleterre, par V.-A. Calster; Un traité de commerce germano-américain, par le D<sup>r</sup> Friedrich Glaser. Le 4 : L'arrangement germano-tchèque, par E.-V. Zenker; le 6 : Le souci indien de l'Angleterre, par le D<sup>r</sup> Johannes Tschiedel. Le 7 : Casiers judiciaires, par le conseiller de justice Freudenthal. Dans la *Vossische Zeitung* du 3 : Études sur l'Alsace, par Adolf Lapp. Le 4 : Politique de classe moyenne, par Immanuel Heyn. Dans les *Hamburger Nachrichten* du 3 : Le secret russe. Dans la *Kölnische Zeitung* du 4 : A propos du projet de loi prussien sur les habitations. Dans la *Frankfurter Zeitung* du 4 : Effet et enseignement de la loi bavaroise de division des biens; Allemagne et Russie. Le 7 : La liberté de la critique financière. Le 8 : L'Afrique du Sud et l'Angleterre; La corruption politique en Autriche. Dans les *Münchener Neueste Nachrichten* du 4 : Le Parlement et l'administration, par le D<sup>r</sup> P. Dirr. Le 6 : L'Empire et la question de l'habitation, par

le Dr Junck. Dans la presse française, il n'y a guère que le *Temps*
qui puisse se tenir à cette hauteur, et c'est dans les Revues qu'il nous
faudrait chercher l'équivalent de ces articles.

A cette entrée en matière journalistique, succède le compte rendu
non plus *du* Parlement, mais *des* Parlements, ce qui, au moins pour
des Français, prête un singulier caractère à cette partie de la vie
politique allemande. Voici maintenant la cour et la société. La Cour !
Mais elle tient à peine de place. Sommes-nous vraiment en un empire
de pouvoir presque absolu? Voilà encore un de ces détails bien signi-
ficatifs de la mentalité allemande. Si les Bourbons étaient encore sur
le trône de France, songez à la place que tiendrait dans nos quotidiens
cette rubrique : la Cour! Il y a sans doute d'autres rubriques plus
passionnantes pour l'Allemand ; par exemple celle-ci : *Heer, Flotte
und Kolonien.* Elle est abondante, glorieuse; c'est là qu'on retrouve
l'Empereur, à la place, semble-t-il, que l'opinion publique lui assigne,
non moins que la Constitution. Ce que l'Allemand aime à voir avant
tout dans son Empereur c'est le chef de guerre.

Et maintenant voici les télégrammes de l'Empire et de l'Europe,
de l'Amérique et de l'Asie. Répandus sur toutes les feuilles supplémentaires, ils se succèdent dans un assez grand désordre apparent. On
lira Vienne, Pékin, Hambourg, Sofia, ainsi de suite. Il semble qu'ils
furent classés d'après l'heure de réception, tout simplement, les
secrétaires à la rédaction allemands n'ayant point souci de composer
de belles pages aux rubriques et titres bien équilibrés. Leur nombre,
la multiplicité de leurs sources ou points de départ, le détail qu'ils
ramassent, stupéfient. Dans le *Berliner Tageblatt* du 4 mars, nous
relevons celui-ci : « Perpignan. A Paulilles, une explosion de dyna-
mite a tué trois personnes. » Qui donc un accident aussi lointain et
minime peut-il intéresser? Il semble que nous nous trouvions en face
d'un enregistrement automatique des faits du monde, quels qu'ils
soient.

Certains de ces télégrammes deviennent des correspondances con-
sidérables, et l'on comprend que seule une publicité démesurée puisse
payer de pareils frais de télégraphe. Sur ce domaine, la presse allemande a atteint ses modèles, les presses anglaise et américaine. Dans
ce développement, elle fut aidée par la collaboration plus ou moins
professionnelle de l'armée de commerçants et d'érudits allemands qui
se sont jetés sur toutes les routes de l'univers à la suite des Anglais.
Ce sont le plus souvent ces collaborateurs occasionnels qui écrivent
du Mexique et de Shangaï, de Sydney et d'Addis Abeba des correspondances pleines de détails vivants et d'appréciations person-
nelles (5).

Ce n'est pas seulement la politique, le pittoresque, l'érudition qui
appellent l'attention des correspondants, mais aussi et surtout les manifestations de la vie économique. En face de la rubrique *Heer, Flotte*

(5) Exemple. Dans le *Berliner Tageblatt* du 6 mars : Réception
solennelle chez l'héritier du trône abyssin. *Frank-Zeit et Hamb. Nach.*:
les écoles françaises en Orient; la peste rouge au pays des Mirdites;
les prisonniers politiques de Russie.

*und Kolonien*, dont nous avons parlé, on voit se dresser celle non moins importante : *Handel, Gewerbe und Verkehr*. Elle est importante au point de composer dans le journal global un journal distinct pouvant occuper plusieurs feuilles supplémentaires. Voici des dépêches de tous les marchés du monde, voici des articles économiques, voici les tableaux des valeurs en bourse; voici le marché central des hypothèques. Nous l'avons dit déjà : tout ce que peut contenir l'*Information*.

Passons sur les rubriques Mode, Sport, Chasse, Echecs, Théâtres et Concerts, Associations, Réunions, Voyages, etc., pour nous arrêter un instant sur celle des *Renseignements*, quelque peu originale. C'est une rubrique très vaste, occupant parfois toute une feuille supplémentaire. Par son intermédiaire les lecteurs posent toute sortes de questions pratiques, auxquelles d'autres lecteurs répondent. Voici quelques-unes de ces questions : « Je désirerais qu'on m'indiquât à Dijon, pour fils âgé de dix-sept ans, une pension où il apprendrait le bon français. Signé : W. Nuremberg. » — « Peut-on me fournir l'itinéraire d'une excursion de quinze jours dans la vallée de la Moselle ? Signé : B. Berlin. » — « Je désirerais qu'on m'indiquât dans le sud une localité convenant à une personne faible de la poitrine, et qu'on me fournît des renseignements détaillés sur les hôtels de cet endroit. Signé : X. Hambourg. »

Nous avons nécessairement choisi ces trois questions parmi les plus brèves. Les réponses qu'on y fait ne le sont point. Elle nous paraissent avoir en moyenne cinquante lignes fort serrées. L'abondance des détails fournis, la méthode avec laquelle ils sont exposés indique le plus grand sérieux. A nos yeux, cette manifestation est tout à fait allemande. L'Allemand n'est rien moins qu'aimable (6). Un Français qui le jugerait uniquement d'après les contacts publics au cours d'un voyage risquerait fort de porter sur son caractère un jugement faux par insuffisance. Mais, parce que le Français et l'Italien sont aisément aimables, il n'en faudrait pas davantage conclure qu'ils sont serviables. Serviable, l'Allemand l'est. Une preuve quotidienne et irréfutable est cette rubrique de Renseignements. Les gens qui questionnent s'adressent à des inconnus. Ceux qui répondent, et avec ce soin, ce sérieux, cette scrupulosité, le font par pur devoir social. S'intéresser à des gens qu'on n'a jamais vus et qu'on ne verra jamais exige un certain idéal, plus élevé que chaud, nous en convenons, en tout cas assez étranger aux consciences françaises et italiennes. Eh bien ! Ce genre d'idéal, cette nature de sociabilité, vous les trouverez à la base de la cité allemande, à la base de l'Etat allemand.

Nous avons gardé pour la fin de cet inventaire du contenu des

---

(6) Voici un exemple extrême : Au cours d'une conversation avec plusieurs personnes, nous crûmes pouvoir demander à l'une d'elles, un homme de trente ans, prussien, s'il avait visité Paris. Bref, sec et dur, il répondit : — Non. Mais on m'a dit que ça pue, et ça me suffit. (*Nein. Aber man sagte mir es stinkt, un das genügt mir*. Le dialogue en resta là.

journaux une rubrique des plus importantes, et justement parce que nous désirons la mettre en lumière: C'est celle touchant la culture : *Kunst, Wissenchaft, Litteratur*. Elle comprend la critique des livres, non seulement des romans ou des poèmes, mais des ouvrages les plus savants : histoire, philosophie, sciences appliquées, médecine, théologie. Pour chaque branche de la connaissance, les grands jour-naux se sont assuré la collaboration d'un homme compétent, le plus souvent un professeur notoire ; à cet homme on envoie les livres qui lui reviennent; il retourne la critique signée. Avec quelle stupéfaction un Français rencontre dans un *quotidien* ces critiques consciencieuses, solides, approfondies ! Soient trois qualificatifs que la plupart de nos compatriotes remplaceraient volontiers par un seul, moins élogieux (7). Que ne diraient-ils pas si, toujours dans leur quotidien, ils butaient à la rubrique Feuilleton contre des articles comme ceux-ci : *Berliner Tageblatt* du 3 mars : Bergson comme interprète d'Eucken, par le D<sup>r</sup> J. Benrubi. Le 7 : Médiumnisme et hypnose, par le D<sup>r</sup> Sommer. *Vossige Zeitung* du 3 : Science appliquée, par M. Rambert; Atomis-tique moderne; L'étranger en Grèce, par C. Condoyanni. *Deutsche Tages Zeitung* du 7 : Un journal de mode de la vieille Egypte. *Hamburger Correspondent* du 3 : Le conseiller intime Oswald et la Bible. *Hamburger Nachrichten :* Qui a trouvé la boussole? *Kolnische Zeitung* du 3 : Choses remarquables sur Fichte. Le 5 : Ce qui se passe au cours des essais techniques d'un bateau à vapeur. *Frankfurter Zei-tung* du 3 : Napoléon et sa politique commerciale; Spinosa est-il « phi-losophus christianissimus »? Le 5 : Timbres-poste ou machines à tim-brer, par J. Baumann; L'avenir de la langue française. Le 6 : Les jardins botaniques comme moyen de répandre les formes animales étrangères. Le 7 : Phénomènes psychiques et physiques à 9.000 mètres de hauteur, par le D<sup>r</sup> Albert Vigand. *Münchener Neueste Nachrichten* du 7 : Une bataille romaine inconnue en terre bavaroise, par le D<sup>r</sup> F. Quilling.

Parvenus ici, nous croyons enfin atteindre le trait caractéristique de la presse allemande. Le docteur et le professeur y tiennent une grande place et très honorée. Docteurs sont bon nombre de corres-pondants à l'étranger ; et c'est nécessaire, vu ce qu'on exige d'eux. Qu'il s'agisse d'articles politiques, littéraires, scientifiques ou de rela-tions de voyage, un penchant se révèle commun à tous : le goût de l'érudition. Si l'on allie donc ce goût de l'érudition à cette passion de tout enregistrer des événements mondiaux, on arrive à cette carac-téristique : la presse allemande est *encyclopédique et érudite*.

Ce n'est pas tout. La mentalité allemande n'entre pas si aisément en une brève formule. Mais il nous faut ici toucher un point délicat, au risque non de fâcher, mais au moins d'agacer les quelques amis allemands que nous possédons. Il est un mot qu'on rencontre sans cesse dans les écrits de presse et dans la conversation des Allemands, c'est le mot *objectif :* on doit être objectif, on doit juger d'une manière

---

(7) Cette critique de livres est, en outre, accompagnée d'une bliblio-graphie méthodique.

objective. Ni les Anglais, ni les Français, ni les Italiens ne se servent si obstinément de ce mot : or, il ne nous paraît pas le moins du monde que les Allemands soient objectifs. Certainement, ils ne l'étaient pas, puisque Gœthe (par tant de côtés si peu représentatif de sa nation) leur conseillait de faire effort pour le devenir. A notre avis, ils ne le sont pas devenus, bien qu'ils le croient. Ici précisons. Si les Allemands entendaient par objectivité la faculté d'estimer avec justesse les capacités militaires, économiques, financières des états voisins ou éloignés, ou celle de créer les puissants appareils industriel, commercial et de banques qu'ils ont produits, nous serions d'accord. Mais, pour nous, l'objectivité se révèle dans le commerce des hommes et non dans la construction de machines ou la création d'institutions. Tout le monde sait que dans le domaine diplomatique, par exemple, les Allemands se montrent considérablement inférieurs à ce qu'ils sont sur les domaines militaire, économique, scientifique. Contrairement donc à leur prétention, nous croyons devoir affirmer qu'ils sont très subjectifs, *le plus subjectif des peuples*. Il est bien évident que cette subjectivité se manifeste dans leur presse et de façon éclatante. Autant les correspondants de journaux se révèlent sûrs, lorsqu'il s'agit de questions pratiques, autant ils sont inconsistants (à de rares exceptions près) lorsqu'ils portent des jugements sur la politique et les mœurs de l'étranger. Or, justement, avec les Germains, toute question prend très vite l'aspect moral (8). Taine leur avait déjà reproché de ne savoir écrire une histoire de la littérature ou de l'art, à cause de cela. En fait, l'Allemand n'est *pas observateur des hommes*. Pour cela, il lui manque deux facultés : la sympathie et la souplesse d'esprit. On a remarqué avant nous que, par exemple, en histoire, où ils se sont si fort distingués, les Allemands ont réussi l'antiquité et le moyen-âge bien autrement que les temps modernes, où leur subjectivité se trouve trop directement intéressée. N'est-ce pas un premier effet de la subjectivité que cette insouciance de bien écrire et même de bien composer qu'on constate chez la plupart des journalistes allemands? Bien écrire et surtout bien composer, c'est prendre une certaine peine pour l'éviter au lecteur. C'est une qualité d'esprit objectif. Un esprit subjectif peut penser avec originalité et puissance, mais il ne pense que pour lui. Aux autres de s'assimiler sa pensée, si la peine ne les rebute point. Ainsi on donne des philosophes, non de vrais journalistes.

C'est de cette subjectivité si forte que résulte la quasi-incapacité parlementaire des Allemands, leur inhabilité à créer des partis souples, au lieu de ces systèmes raides où les principes dominent et les individualités étouffent. Nous voilà bien loin des Français, plus encore des Italiens. Qu'y a-t-il de plus étrange pour ces derniers que la longue domination de Bebel, ce Kaiser de la démocratie allemande? Qu'y a-t-il de plus surprenant que de voir la quasi-impuissance politique

---

(8) N'en pas conclure que nous croyons les Germains plus moraux que les Latins ou les Slaves, dans le sens populaire. On peut être obsédé par le point de vue moral de la vie, sans être un homme de bonne conduite.

d'une organisation aussi nombreuse, méthodique et disciplinée qu'est le parti socialiste allemand ? Ne sommes-nous pas en droit de conclure au manque d'initiative politique de l'individu allemand ? Nous croyons que si. Et pourquoi ?

Ici, il nous faut ajouter un nouveau trait à l'esquisse mentale que nous tentons de tracer avec nos faibles forces. Le voici : nous croyons distinguer qu'une caractéristique fondamentale de la presse politique allemande serait *l'indécision du jugement*. Nous venons d'écrire cela avec la pleine conscience de l'insignifiance de notre personne et celle de la grandeur de la nation que nous tâchons à comprendre. Pareil contraste ne nous empêchera pas d'avoir le courage de notre opinion. Cette indécision de jugement politique serait la résultante d'une subjectivité excessive et la cause du manque d'initiative individuelle (9). L'affaire de Saverne servira d'exemple.

De très nombreux esprits distinguèrent un rapport évident entre cette affaire et l'affaire Dreyfus. Or, quel spectacle nous offrirent la presse et l'opinion allemandes ? Nous lûmes dans les journaux des articles véhéments ayant pour titre : *Esprit prussien. — Prusse ou Allemagne. — La Prusse contre l'Allemagne. — La force prime le droit.* De ces articles on doit dire qu'un très grand nombre étaient érudits et même savants, qu'ils révélaient beaucoup d'indignation et de sincérité. Mais de tout cela rien qui ressortît, ni idées nettes, ni individualités hardies. Où étaient les Zola, les Clemenceau, les Pressensé, les Pelletan, ou même les Gohier ? Jusqu'à Maximilian Harden qui se montra au-dessous de ce qu'on pouvait attendre d'un pareil homme (10). Ce qui fit défaut à ces érudits et à ces braves gens, ce furent le coup d'œil politique, rapide et sûr, — soit le jugement, — et, osons le dire aussi, le courage civique. Les seuls individus dont l'attitude s'imposa dans le tumulte et l'obscurité furent deux représentants de l'autorité, le colonel von Reuter et le préfet de police von Jagow. Tout au contraire de ce qui se passa en France, lors de l'affaire Dreyfus, tant d'indignation et tant de littérature n'aboutirent à rien. L'ordre de cabinet de 1870 resta sacré. La bourrasque passa et plus rien ne bouge. La montagne n'accoucha même pas d'une sou-

---

(9) Voir à ce sujet le récent ouvrage de Schmitz, *Das unwirkliche Deutschland*, l'Allemagne irréelle. L'auteur, qui a vécu en Italie, France et Angleterre, observe qu'en un très grand nombre de cas sociaux où les Italiens, les Français et les Anglais portent un jugement prompt et net, l'Allemand ne sait point ce qu'il doit penser, ni faire, et adopte des résolutions et procédés bâtards. Exemple : Affaire Eulenbourg. La vérité semble être que l'Allemagne n'a pas encore trouvé les formes sociales et politiques originales qui lui conviendraient. « Si elle réussit, dit Schmitz, l'hégémonie allemande sur le monde est sûre ; si elle ne réussit pas, cet Empire sera de courte durée. »

(10) Remarquer que les plus grands journalistes allemands sont des juifs: Heine, Théodore Wolf du *Berliner Tageblatt*, Maximilian Harden (de son nom Witkowsky) de la *Zukunft*. On voit tout de suite pourquoi.

ris (11). Il est bon de dire qu'en France, il n'y eût guère que M. Romain Rolland qui se trouvât déçu.

Qu'on ne s'y méprenne point. Qu'on se garde bien de voir en nous un adversaire aveugle de l'Autorité à l'allemande, ou même à la prussienne. L'idéal de l'Autorité a sa noblesse, sa grandeur et sa fécondité. Il a fait l'Empire allemand. Ne pas croire non plus que si les Allemands s'inclinent devant cette Autorité, c'est uniquement par manque de courage civique. C'est aussi parce que cette Autorité n'est pas le monstre que dépeignent volontiers les Français. Ce n'est pas la faute des Allemands, si les Français se font de l'Autorité une idée malsaine, livrent le pouvoir aux moins dignes, si personne enfin dans ce pays ne connaît le sentiment des responsabilités. Le fonctionnaire allemand se fait d'ordinaire une haute idée de ces responsabilités, l'Etat allemand a la confiance de tous; au lieu qu'ici nous haïssons l'Etat, notre Etat, parce qu'il est fait à notre image, point sévère mais sans scrupules.

Il nous reste à examiner quels problèmes fondamentaux préoccupent cet Etat allemand, soit les grandes directions d'attention de la nation.

Supposons un lecteur moyen du centre de l'Empire, et qui reçoit la *Morgenpost*, journal radical de très grand tirage, voit à la brasserie le *Berliner Tageblatt*, jette parfois un coup d'œil sur le *B. Lokal Anzeiger* (12), gallophobe, ou quelque journal pangermaniste. Appelons-le Muller. Ne pas se figurer notre homme d'après la lecture exclusive des correspondants berlinois du *Matin* et de l'*Echo de Paris*, habiles à relever quotidiennement, dans une quantité énorme d'im-

---

(11) Dans *Ulk* du 6 mars, supplément humoristique du *Berliner Tageblatt*, on montre deux hommes politiques clouant dans le cercueil la commission d'enquête sur l'affaire de Saverne. Les deux héros : — « Dieu merci! L'affaire est étouffée » — Le fantôme : « ...et a pris place parmi les hontes immortelles. »
Pas même cela; elle est oubliée. On ne parle plus que de réconciliation.

(12) Jusqu'à ces derniers mois, ce journal eut comme correspondant parisien un certain von Daum, que nous avons connu personnellement, et dont le moins qu'on puisse dire c'est qu'il est fou, littéralement. Pendant plus de deux ans, les lecteurs du *B. L. A.* ne connurent la France que par les élucubrations de ce malheureux, que le gouvernement français dut prier enfin de repasser la frontière. Ajoutons ce détail qui n'est pas sans importance : la plupart des correspondants allemands ne voulaient pas avoir de rapports avec ce singulier confrère.
Au reste, voici deux types extrêmes de correspondants allemands. Schultze est du peuple; il a fait de solides études, latin-sciences. Depuis l'école, il n'a plus lu que des journaux, et politiques; sa culture générale laisse à désirer. Le matin, il dépouille la presse, méthodiquement et scrupuleusement; l'après-midi il est à la Chambre, télégraphiant d'heure en heure, si c'est nécessaire. Nul, même parmi les journalistes français, n'est mieux informé que lui de la vie parlementaire française. Elle le passionne, c'est sa propre vie. Il prétend voir dans le Parlement la France, toute la France, qu'il ignore, qu'il ignorera toujours. Preuve: Il a violemment combattu la loi de trois ans, il a prédit qu'elle ne pas-

primé, trente lignes contre la France. Muller déteste les pangermanistes et ne songe pas à conquérir l'Europe par la force du canon ;
ce qui le préoccupe, ce sont ses affaires, *Geschaefte*. Pareil mot tient
une place considérable dans sa conversation; et aussi, sans qu'il y
prenne bien garde, le mot *Kampf*, combat. Car Muller voit les affaires
comme un combat, et dans ce combat il entend l'emporter; il ne se
refuse d'ailleurs point à faire ce qu'il faudra pour l'emporter.
Muller est un honnête homme, et même un brave homme, travailleur,
capable, d'une instruction supérieure à celle d'un Français moyen;
toutefois, il ne se sent vraiment sûr de lui que dans le domaine matériel et pratique. C'est là sa force et aussi sa faiblesse. Il aime l'ordre,
la prospérité, la propreté. Il a relativement une grande ambition matérielle, et il lui faudra, pour finir sa carrière, quelque distinction bien
établie.

Muller lit son journal, négligeant avec respect les parties savantes,
beaucoup plus attentif à la partie économique, passionné enfin sur
toutes les questions où le *Deutschtum* est en jeu. L'antiquité vierge
de cette nation allemande et sa grandeur neuve l'emplissent d'orgueil
et, dans les grandes occasions, il mourrait courageusement pour semblable idéal. « Malheur à qui y touche », dirait-il, répétant une parole
célèbre. On lui a aussi appris sur les bancs de l'école ce qu'il doit
penser de la *Kultur* allemande, qu'elle est originale, nouvelle et remplacera les autres, viendra dans l'histoire après la culture latine et la
culture grecque. Dans l'esprit de Muller, très préoccupé de *Geschaefte*,
tout cela se tient solidement quoiqu'un peu confusément : les affaires,

---

serait jamais. Schultze est radical, il est même combiste. Quand la
France ne mène pas la politique qui lui convient, il se met en colère,
fait campagne dans son journal. Il ne lit rien en dehors des nouvelles
politiques, ne connaît de la France que son domicile, la Chambre et sa
brasserie. En douze ans, il n'a rien appris du caractère des gens de
ce pays. Cependant, il prétend surtout le connaître. On trouverait
difficilement un journaliste français d'un esprit aussi raide, aussi *impénétrable* au spectacle des choses, aux mouvements de la vie.

Wagner est un bourgeois. Sur une solide base d'instruction allemande, il a développé une culture cosmopolite : il parle anglais, français, italien, connaît quelque peu le russe et l'arabe. Il a voyagé, vécu
à Londres, à Paris, vu l'Europe et le nord de l'Afrique. Il traitera
avec la même compétence une question d'économie politique, de politique, de littérature. C'est qu'il lit sur tout, va partout, est curieux de
toutes les manifestations de la vie, même les plus nouvelles et les
plus baroques; peu importe à l'homme qui a l'étude pour but et dont
la passion est de comprendre. Il excelle dans les idées générales, et
cependant il conserve le don du détail. Son écriture est sobre et précise, vivante de faits, c'est l'écriture d'un homme moderne et, disonsle, d'un Allemand qui n'est pas resté insensible aux lettres françaises.
Un champ intellectuel si vaste, une conversation si nourrie et serrée, sont un sujet d'admiration pour ceux qui peuvent apprécier la culture. Ce sont de pareils hommes qui ont fait la supériorité et la puissance de la presse allemande. Nous ne croyons pas qu'il se rencontre
en France de journaliste comparable à Wagner.

la grandeur nationale, la supériorité de la culture. Et tout cela s'enferme dans l'idée fondamentale que la patrie est placée au centre de l'Europe, que la géographie ne lui est pas favorable et que sur presque tous les fronts c'est le péril étranger. Muller n'a point peur, car il sent chez tous sa propre discipline et son propre courage : l'Empereur pressera un timbre et chacun obéira. Cependant Muller a ses inquiétudes et ses irritations.

Lisant son journal, il éprouve un orgueil compréhensible à voir l'emprise mondiale de l'esprit allemand. Ces télégrammes de partout lui disent que le *Deutschtum* est partout, en Chine (13) comme aux États-Unis, au Brésil comme en Afrique, et qu'il s'y développe vigoureusement. Quelque information sur l'attitude du centre catholique rappelle un instant à Muller la question religieuse, sans le troubler beaucoup. Querelle d'Allemands entre Allemands, pense-t-il; l'intérêt supérieur de l'unité est trop évident, trop reconnu pour ne pas triompher de cela. Il néglige davantage encore la question de Hanovre. Une attitude de la social-démocratie l'arrête un peu plus. Cela peut apporter quelque perturbation dans les *Geschaefte;* toutefois Muller est aussi démocrate, et d'ailleurs le mouvement de la social-démocratie n'est pas de nature à menacer l'unité, bien au contraire; dans l'Empire, c'est le peuple qui est nationaliste.

Mais voici de Posen quelques nouvelles agaçantes. Ces Polonais sont bien difficiles à conduire. Leur absorption par la Prusse fut-elle donc pour eux une si mauvaise affaire? N'ont-il pas, tout comme les Allemands, des gares modèles, des bureaux de poste parfaits? Du fait de l'administration allemande, la valeur de leurs terres n'a-t-elle pas doublé? Qu'ils jettent un coup d'œil sur l'état des Polonais russes, misérables et massacrés. Quoi ! Parce qu'on les contraint à apprendre la langue allemande? N'est-ce pas une langue supérieure à la leur? Pourraient-ils acquérir une culture en polonais? Enfin, ne devraient-ils pas être fiers de se voir admis à faire partie d'une grande nation?

Ce raisonnement est bourré de justesse. Toutefois il néglige quelques petites choses, que tout le monde sent, excepté Muller : la société n'est pas seulement ordre, prospérité, propreté, mais aussi spontanéité des individus, charme, séduction, fantaisie. Comme cet aspect de la vie échappe à Muller, le moment est venu pour lui de porter un jugement moral, et il découvre chez les Polonais de la mauvaise foi, de la déloyauté et de la corruption. Les Danois du Schleswig seront jugés de même, et les Alsaciens guère plus favorablement. Si ces derniers étaient restés Français, seraient-ils aussi riches? Est-ce à des Français qu'ils pourraient vendre leurs vins? Jouiraient-ils de ce réseau de voies ferrées, de ces gares et de ces bureaux de poste modèles? Au reste, Muller n'ignore pas qu'aujourd'hui la majorité des Alsaciens se sent allemande, sinon prussienne, que seule une minorité bourgeoise est cause de tous les ennuis et entretient le vieil esprit de

---

(13) Les journaux nous ont appris ces jours derniers la création d'une université sino-allemande.

contradiction qui distingua de tout temps ces frères de l'autre bord
du Rhin.

Bien que cet esprit de contradiction et d'insubordination des Alsaciens l'irrite un peu, Muller prit parti pour eux dans l'affaire de
Saverne; il prit parti comme on sait, avec ie résultat qu'on sait. Quand
il s'interroge, il se sentirait partisan de l'autonomie alsacienne; mais
il pense que, si l'Empereur ne le voit pas si aisé, c'est que la question
intéresse le salut de l'Empire. Alors il doute de lui-même, s'en remet
d'une part à l'Empereur, et conseille d'autre part aux Alsaciens de
se montrer plus calmes, plus raisonnables, d'inspirer confiance, pour
que tout finisse par s'arranger. En attendant, les Alsaciens sont admi-
nistrés aussi bien que le reste de l'Empire, et s'ils ont un peu moins
de liberté, ils ont autant de prospérité. On sait que Muller estime
celle-ci plus que celle-là; c'est en quoi consiste son objectivité.

Somme toute, ces soucis ne sont pas graves. Mais passé les fron-
tières, il n'est en est plus de même. Alors que se décompose de plus
en plus rapidement l'Autriche (14), à laquelle l'Empire s'adosse, sur
les trois autres fronts c'est l'ennemi. Contre l'alliée, Muller à des
humeurs. Elle manque de poigne envers les slaves, et même elle fait
plus : elle travaille à entretenir la nationalité polonaise à Cracovie,
à créer la nationalité ruthène à Lemberg (15). Beau coup contre la
Russie que cette dernière tentative, mais la première est une arme à
deux tranchants et peut blesser aussi l'Empire. L'alliée n'est pas
loyale, et d'ailleurs ses diplomates sont trop habiles à se servir du
poids des baïonnettes prussiennes. Muller se souvient d'heures humi-
liantes où son pays paraissait n'être que le second dans la Triplice.
Dans ses moments de pire humeur, il se demande si on ne pourrait
pas s'entendre avec la Russie, laquelle n'est ennemie directe que de
l'Autriche. Ces dix dernières annés, cette Russie illimitée s'est mise
à l'inquiéter profondément. Pour lui qui admire trop les forces de
l'espace et du nombre, les dimensions et la population de ces pays
sont une cause de stupeur renouvelée. Il lu² arrive de craindre que
son Empire allemand ne soit né trop tard, que le *Deutschtum* n'ait
pas assez d'avance sur les Slaves. Puis il se ressaisit. Il sait que ces
derniers ne sont pas encore prêts, qu'on a le temps de respirer (16),
qu'au dernier moment l'Empereur pressera un timbre, que chacun
fera son devoir et que, Dieu aidant, on vaincra. Alors son énergie se
retourne en colère contre la nation qui suscita pareil danger. Il se
souvient du temps où il riait de voir les milliards français couler
vers Saint-Pétersbourg; il n'y plus à rire, car on découvre maintenant
le mal qu'ils ont fait. Certains jours, Muller éprouve de cela une

(14) *Berliner Tageblatt*, déjà cité.

(15) La presse française a totalement négligé de rapporter le vote
de la nouvelle loi électorale pour la Diète provinciale de Galicie,
14 février 1914. Cette loi démocratique réconcilie Polonaïs et Ruthènes.
Aprs le vote, les députés des deux nationalités fraternisèrent.

(16) « Nous ne sommes pas menacés d'un danger immédiat. La
Russie n'est pas en mesure d'appuyer par la force des armes des menaces
politiques. » *Kolnische Zeitung* du 2 mars.

haine véritable et, comme sur les bancs de l'école, il parle de l'*Erb-feind*, l'ennemi héréditaire. C'est en de pareils moments qu'il est accessible aux mensonges pangermanistes (17), qu'il lira avec indignation un racontar sur la légion étrangère, quelque histoire impossible d'ingénieur de quarante ans se laissant, en pleine Allemagne, enrôler par des agents recruteurs et les suivant à Nancy. Le même jour, à Paris, Dupont lira avec satisfaction dans le *Matin* qu'une fois de plus un sergent prussien a fait avaler à ses hommes le contenu d'un crachoir. Ce jour-là Muller et Dupont sont au même niveau.

S'étant calmé, Muller songe qu'il ne serait pas impossible de détacher l'Angleterre des deux autres ennemis. « L'année qui vient de s'écouler a été favorable à une entente entre l'Allemagne et l'Angleterre (18). » Cette phrase, il la lit souvent. Elle ne varie guère, les circonstances non plus. Muller a beau se dire, avec raison, qu'une entente solide entre l'Angleterre et la Russie est impossible, il ne s'en suit pas qu'elle soit possible avec l'Allemagne. D'ailleurs Muller se méfie de l'Angleterre, et il sait bien d'autre part que les Anglais sont un obstacle aux *Geshaefte*. Il n'y a que les Français qui ne gênent pas les affaires, mais il sont un peuple léger, *point objectif*, sacrifiant ses intérêts matériels au plus absurde des ressentiments.

Malgré ses intérêts mondiaux et sa curiosité multiple, c'est encore la France que Muller connaît le mieux. Elle occupe dans les journaux qu'il lit une très grande place, surtout Paris. Muller suit la vie de cette capitale autrement bien que Dupont celle de Berlin. Au reste, Muller a visité Paris, tandis que Dupont n'a point mis les pieds à Berlin et ne les y mettra point. Si les victoires de Leipzig et de Sedan flattent si prodigieusement l'orgueil national de Muller, c'est peut-être qu'elles furent remportées sur des Français. Il lui arrive d'être trop convaincu d'avoir, par ces victoires, acquis en deux temps ce qui lui manquait pour atteindre le sommet de la civilisation. Prenez garde à le contredire, il se fâchera. Tout fier qu'il est, cependant, tout justement fier qu'il est de l'Empire, de l'Etat allemand et du *Deutschtum*, Muller n'en a pas moins conservé une curiosité passionnée pour cette nation qui a l'audace de *vivre sa vie intérieure*, au risque de sa sûreté extérieure. On se demande même s'il ne lui en est pas parfois reconnaissant. Lui qui n'a pas osé pousser jusqu'à ses premières conséquences l'affaire de Saverne, il a frénétiquement approuvé l'attitude de Dupont, poussant l'affaire Dreyfus jusqu'à ses conséquences

---

(17) Voici un exemple bien net d'opinion allemande. Dans le train de Cologne à Berlin, nous causons de l'Allemagne et de la France avec une jeune dame de la moyenne bourgeoisie. Sans doute mise à l'aise par notre calme, elle se décide à nous confier :

— C'est dommage ! Les Français ne sont pas honnêtes. (*Schade ! Die Franzosen sind nicht ehrlich.*)

Elle est à la fois si convaincue, si navrée, si naïve, que nous éclatons de rire ; et voilà tout le compartiment qui nous imite. Ajoutons qu'à l'arrivée à Berlin, cette personne fit au Français malhonnête des adieux cérémonieux et même affectueux.

(18) *Berliner Tageblatt* du 3 mars.

dernières. Aujourd'hui, par l'intermédiaire des correspondants parisiens de ses journaux, Muller *prend parti* dans les querelles politiques intérieures de la France : il est radical, il soutient Caillaux (19), conspue la loi de trois ans. A ses yeux, Dupont a reculé beaucoup depuis Combes; il s'enlise dans la réaction. Voilà comment Muller est objectif. Certes, il n'envie pas à Dupont son gouvernement. Politiquement, il ne fait pas de doute que la France est pourrie. Mais elle est riche, a des nerfs et une armée. Le matérialisme de Muller lui permet d'apprécier ça. Or cette force est tournée contre le *Deutschtum*. Dès que dans le monde il surgit un obstacle à l'expansion allemande, l'obstacle s'aimante aussitôt du côté de cette force. Avec une puissance propre moindre que celle de l'Empire, il arrive à la France de faire échec à l'Empire. Muller se remémore les difficultés du *Deutschtum* intégral en Alsace, le Maroc et la conférence d'Algésiras, la Légion étrangère dont il n'ose exiger la suppression pure et simple, tout ce qui lui fait sentir que l'Empire n'a pas en Europe l'hégémonie qui lui revient de toute évidence.

A l'école, on a appris à Muller qu'il appartient à la première nation du monde. Il voit la grandeur économique de l'Empire et sa grandeur militaire; mais il ne constate pas une grandeur diplomatique correspondante. C'est donc que les autres peuples *ne savent pas*, ou ne veulent pas savoir. Le moment est cependant venu de reconnaître la grandeur du *Deutschtum*. Le moment est cependant venu pour l'Allemagne d'avoir son Louis XIV; moins brillant, si l'on veut, mais aussi efficient, aussi indiscutable. Aux heures troublées où l'expansion allemande subit un échec, on voit Muller manifester son mécontentement non contre l'Autorité, mais contre l'insuffisance d'Autorité du gouvernement dans la politique non plus intérieure, mais extérieure, mondiale. Muller a approuvé Agadir. Enfin, l'Autorité allemande s'extériorisait, l'ordre nécessaire apparaissait dans le monde et émanait de l'Allemagne! Toutefois le résultat d'Agadir fut à Muller une déception. Ce n'est pas pour de pareils résultats qu'il consent à toutes les charges militaires. Il en veut le bénéfice. Serait-ce que l'Empire n'est pas encore tout à fait assez armé? Bon. Muller vient d'approuver une nouvelle augmentation, d'accepter un milliard de charges nouvelles. Eh quoi! Les autres nations répliquent par des augmentations militaires correspondantes! Muller s'indigne contre la France, contre la Russie, contre l'Angleterre. Leurs augmentations révèlent des intentions guerrières. Celles de l'Empire sont *une nécessité*, vont avec l'amour de la paix, sont l'expression de l'amour de la paix. Dupont ne comprend pas. C'est cependant la pure vérité. Muller veut une armée puissante afin de ne pas se battre, afin de n'avoir même pas à discuter. *La montrer doit suffire.* Au reste, Muller ne se servira jamais de ce geste qu'à bon escient. Il a de la conscience. Il est prudent, raisonnable, ennemi de la guerre et du désordre, il met les *Geschaefte*

---

(19) Après le crime, la faveur en laquelle la presse radicale allemande tient M. Caillaux n'a pas diminué, bien au contraire. *Quos volunt perdere Germani amant.*

au-dessus de tout. On ne le verra donc pas, commé Dupont, partir en campagne à la légère et tout bouleverser en Europe par amour-propre. Il n'empêche que c'est l'attitude de Muller qui a déterminé l'état de paix armée, l'a *créé*, et par la poussée incessante des armements, rend la guerre européenne de plus en plus inévitable. Cependant Muller n'en croit rien. Il est persuadé que c'est Dupont.

Dupont lui apparaît ici déloyal, de mauvaise foi, de petit esprit, rancunier, intrigant. Ne peut-il pas prendre son parti de la défaite de 70 et de la perte de l'Alsace? N'a-t-il pas été bien battu, suivant toutes les règles de la guerre? La culture de la France n'est-elle pas dépassée? A quoi cette attitude de basse rancune avance-t-elle Dupont? Elle ne lui rendra certainement pas l'Alsace, qui n'est peut-être pas encore allemande, mais qui certainement n'est plus française. Enfin, ne pourra-t-on plus compter dorénavant sur le résultat légitime des travaux et des campagnes? Ce serait le désordre international. Il convient d'y mettre un terme, une fois pour toutes. Il convient de contraindre Dupont à reconnaître définitivement le traité de Francfort. Finissons-en; *Kampf!*

Oui, mais les *Geschaefte?* Si Muller a l'esprit militaire, il n'a pas l'esprit guerrier. La guerre pour la guerre ne le tente pas. Bien qu'il soit souvent lâche devant les pangermanistes et hurle avec les loups, par crainte d'être accusé de manquer de patriotisme, leurs vociférations lui sont en horreur. Quel dommage que Muller n'ose pas dire bien haut à ces pangermanistes *ce qu'il pense!* Quel dommage qu'il n'ose même pas penser ce qu'il pense! Cela permettrait peut-être à Dupont de prendre quelque confiance en Muller. Car Muller, à ses meilleurs moments, rêve de réconciliation, d'entente, que dis-je? d'alliance avec Dupont. Mais vraiment c'est un rêve; ce serait trop beau. Muller voit d'abord les résultats économiques, la hardiesse inouïe des *Geschaefte;* ensuite l'augmentation de puissance militaire et par conséquent de prestige dans le monde : La Russie arrêtée net, l'Angleterre perdue, l'hégémonie allemande incontestée (20). C'est là la base pratique de la combinaison, qui aurait un couronnement idéal. Muller voit alors son Kaiser reçu à Paris, acclamé par les Français : c'est la consécration de la victoire de 70; c'est mieux que cela, c'est le *Deutschtum* célébré, c'est la culture allemande *reconnue* par la nation arbitre des choses de l'esprit. Ah! Pourquoi l'aveugle Dupont préfère-t-il s'entêter dans un ressentiment étroit et vain?

Malgré l'objectivité qu'il s'accorde, Muller n'a pas songé un instant au point de vue de Dupont. Celui-ci ne pense pas à reprendre l'Alsace, parce qu'elle n'est pas plus française qu'allemande, mais alsacienne; cependant il ne saurait se désintéresser de son sort. D'autre

---

(20) Qu'on se rappelle la situation de l'Allemagne en Europe, il y a dix ans : La Russie engagée en Mandchourie, l'Angleterre à peine remise de la guerre sud-africaine, la Turquie germanisée non encore écrasée par les Bulgares, la Roumanie liée à l'Autriche, ni entente cordiale, ni entente anglo-russe, ni entente franco-espagnole. Au milieu de cette désorganisation, seul le *Deutschtum* faisait bloc.

part il lui faut une satisfaction morale : Que cette Alsace reçoive l'autonomie *dans l'Empire même*. Alors on verra les sentiments de la France se modifier profondément. Tout deviendrait possible, à condition que la bonne entente avec l'Empire ne tournât pas à la vassalité envers la Prusse. Or, que pense Muller là-dessus ? Dupont l'ignore. Muller aussi.

C'est qu'entre Muller et Dupont, il y a toute l'épaisseur de la mentalité prussienne, nous entendons celle du gouvernement traditionnel. Ce gouvernement représente moins l'Allemagne qu'il ne lui est superposé. Il a pour tradition le principe d'Autorité, pour moyen la force nue. En cas de conflit entre ce gouvernement et l'Allemagne, il faut que cette dernière cède. On l'a bien vu pour l'affaire de Saverne. En face de la *nation française*, l'attitude de ce gouvernement ne saurait changer. C'est naturellement, traditionnellement qu'il dira : Reconnaissez d'abord le traité sans conditions; nous verrons après ce que je déciderai. Seuls M. Ajam et la Société générale consentiraient allègrement à pareille humiliation. Dupont, qui porte le cœur plus haut que les poches, la trouverait plus amère que la mort. Dupont considère, en effet, qu'en 70 il fut victime non d'une guerre, mais d'un *guet-apens*. Cette considération est le secret de son attitude d'incurable méfiance (21). Devant pareille attitude rien ne peut se révéler plus impuissant que l'Autorité. On a constaté le résultat moral du coup d'Agadir. Ainsi, l'on voit le conflit franco-prussien sortir de la politique, devenir un conflit psychologique, l'*opposition de deux mentalités*.

La solution de ce conflit, si solution il y a, est moins entre les mains de Dupont qu'entre celles de Muller. Celui-ci a une idée si haute et ferme de l'Etat qu'il lui sacrifie la Société; celui-là une idée si forte et aisée de la société qu'il ne perd guère une occasion de lui sacrifier l'Etat : Esprit d'Autorité, Esprit de liberté; Affaire de Saverne, Affaire Dreyfus. Muller a félicité Dupont d'avoir sauvé Dreyfus. Dupont regrette que Muller ait manqué de courage civique dans l'affaire de Saverne. Or Dupont, c'est la France. Muller peut être l'Allemagne, mais il n'est pas l'Empire. Des forces mauvaises l'entourent, l'étreignent : la tradition prussienne, ou conception de l'Etat de proie, et les pangermanistes. Quand ces forces ne dominent pas Muller, elles lui inspirent au moins du respect, trop de respect. En reculant devant l'Autorité, Muller s'est éloigné de Dupont. En reculant devant la Prusse, l'Allemagne s'est éloignée de la France. Ce n'est pas un sujet de joie pour les *bons Européens*.

(*A suivre.*)                                          GABRIEL ARBOUIN.

---

(21) Ajoutez que géographiquement la France actuelle est une bouteille dont l'Allemagne tient le goulot; stratégiquement, Metz est un revolver *sur la tempe* de la France. Et cette situation a été prévue, *voulue telle*. Elle avait pour but de créer la vassalité obligatoire.

# AUBERGES

Nuits d'auberges accueillantes et fraîches comme la petite source au creux poli du rocher. Nuits d'auberges suspendues au sommet de l'été, parmi les pâturages escarpés et les sapins aux senteurs de jouets d'enfants. O nuits d'auberges avec votre quiétude et votre placidité joyeuse, après l'ascension périlleuse de nos jours un peu fous, le bain de soleil et la sueur de nos vingt ans ! — que j'aime votre surprise, au détour du « clapier », quand tombe le soir et qu'exténué de soif on aperçoit votre toit qui fume, votre toit flanqué de grosses pierres pour ennuyer la tempête et défendre aux tuiles de s'envoler !...

J'arrive où nul ne m'attend. Ce bourg inconnu des auto-cars, par conséquent à l'abri des alpinistes, s'étonne de ma venue. Les chiens jappent, chaque porte s'ouvre, on s'assemble pour considérer sans haine, mais sans aucune sympathie le nouvel Isaac Laquedem. Je ne suis ni colporteur, ni charlatan, ni contrebandier, ni saltimbanque. Rien donc d'intéressant. Et pourtant on ne me perd pas de vue.

Je ne fuis pas cette curiosité. Je me laisse contempler aussi aisément qu'un acteur se prête au cinéma ou qu'un président de la République à l'objectif de l'*Ilustration*. Je me trompe d'ailleurs de tout au tout sur la raison de cette popularité, car du moment que je suis entré dans l'auberge l'intérêt tombe et chacun se disperse. C'est qu'il y a deux auberges et la question était de savoir laquelle je choisirais. Tout va bien, j'ai opté, au hasard, pour la meilleure, justement. Le village est satisfait.

Ce village je le veux conquérir. Il faut qu'il devienne mon ami, que je le prenne pour ainsi dire sous le bras, qu'il me fasse les honneurs de son domaine. Quand je le quitterai nous serons de vieux camarades.

Aussitôt réconforté je sors donc. Je parcours sans hâte l'unique rue bordée de maisons basses dont on touche les toits avec la main. Chaque porte est entr'ouverte, car il n'y a à l'intérieur aucun mystère. L'âme du village est plus haut, semble-t-il, au-delà, dans l'atmosphère des petites cheminées que balaye le vent du soir, par-dessus les tuiles rouges de la chapelle qui sert d'église, auprès du coq branlant sur sa tige inclinée.

Je ne prête aucune importance à ce que je dis, et ce qu'on

me répond ne m'intéresse pas. Mais, voilà l'admirable, mes
phrases banales font lever de la sympathie. Les paysans goûtent
beaucoup d'intérêt à me répondre, très flattés que je m'enquière
de l'altitude, du nombre de lieues qui séparent le bourg de la
ville la plus proche, du climat, des dangers d'affronter l'ascension du glacier, — et leurs réponses me livrent un peu de leur
cœur.

Voilà que je ne suis plus un intrus. Tout à l'heure je serai
un pauvre homme comme ceux-ci et demain un de leurs frères.
Déjà on me connaît, on dit : « Il n'est pas fier », et l'on me
laisse aller et venir. Les yeux du village ne surveillent plus mes
pas comme des gendarmes embusqués aux trous béants des fenê-
tres, aux lucarnes brisées des granges.

Cette rue, toujours la même, m'appartient; elle m'est très
familière.

De chaque côté des volets du boucher-tripier-charcutier
pend un porc et une chèvre. La chèvre n'est pas encore dépouil-
lée. Le poil gris et noir doit avoir grandi depuis la mort de la
bête : il semble démesurément long et forme blaireau sous le
ventre. Accrochée au volet par ses sabots de derrière, la chèvre
livre aux yeux ses maigres cuisses soyeuses et lustrées. Le porc
a été vidé, échaudé, buclé. Il gît extrêmement propre, tout blanc
et tellement nu que cela choque un peu. Ouvert du haut en bas
il laisse voir près des jambons deux petites outres de graisse.
La tête râclée et pâle dort dans une bassine plein d'eau sale.
Malgré tout, cette tête est très gaie et me rappelle celle d'un
vieux comique de province.

Voilà donc ce que je mangerai demain et les jours suivants.
J'adore précisément connaître d'avance les menus qu'on me servira et déteste les surprises. De son côté le boulanger-pâtissier
pave sa vitrine de tourtes préparées pour la fête de dimanche, et
c'est chez la mercière-épicière qu'on trouve du tabac...

Petites auberges éveillées dès l'aube par le crissement lointain d'une scie mordant un tronc d'arbre, ô sûres retraites, j'ai
fait, grâce à vous, de bien curieuses découvertes en moi-même.
Mais cela n'intéresse personne, n'est-ce pas?

J'ai aussi rencontré de charmants compagnons devant vos
vieilles tables marquetées par les ronds des verres. Le village
tenait à m'offrir ce qu'il possédait de mieux : et c'était un
évadé du bagne, adoré des gosses, habile à enfermer dans une
bouteille de petits navires sculptés au couteau; ou bien un garde
forestier, sorte de druide égaré au XX° siècle et qui, dans ses

récits, évoquait les poétiques mystères de la forêt; ou bien le vieux berger énigmatique et sorcier descendu, ce jour-là, de son ermitage pour renouveler sa provision de pain et de polenta; ou bien *celui qui a vu l'ours*.

En face du carafon d'eau-de-vie et de ma générosité discrète on abandonnait toute méfiance. Les histoires étranges, les contes ténébreux, les recettes enfantines compliquées de magie, les trucs de chasseurs intrépides glissaient jusqu'à moi, m'enveloppaient d'un nuage plus subtil que celui de nos pipes, me plongeaient dans une délicieuse hébétude. Lorsqu'il se fut assuré que je n'étais pas un employé de l'enregistrement venu pour contrôler ses livres, un petit notaire m'accueillit avec transport dans son minuscule jardin botanique. Il y avait aussi de bons curés réjouis. Ils n'étaient pas tous d'une intelligence remarquable, mais justement c'étaient des saints.

Ma plus vive surprise fut assurément, en ouvrant la porte d'une armoire en hêtre, dans une auberge perdue sur les pentes du Vercors, de découvrir les tomes dépareillés de l'œuvre philosophique de Kant, édition Rosenkranz et Schubert.

L'aubergiste me répondit d'un ton dédaigneux que ces livres lui appartenaient, qu'il en faisait sa lecture favorite. Il ajouta en me glissant un regard de pitié : « Vous savez, il ne s'agit pas de romans là-dedans, ni d'amour, ni d'histoires cochonnes », et son regard en coulisse semblait signifier : « C'est trop fort pour toi, mon petit. »

Je demeurai un peu interloqué, mais le soir venu et tandis que je découpais mon lard aux choux je voulus prendre ma revanche. Je dis négligemment à mon hôte :

— Je ne sais si vous êtes comme moi, mais un point m'a toujours paru délicat dans la *Critique de la raison pure*, — oh ! il s'agit d'un détail, — je veux parler de la façon dont Kant relie dans son système l'*Esthétique à l'Analytique transcendantale* par une sorte de pont qu'il appelle, ma foi, d'un terme bien simple : « La subsumption des intuitions sensibles aux catégories par l'intermédiaire d'un schème. »

Ce fut au tour de l'aubergiste d'ouvrir des yeux aussi grands que sa soupière, et nous passâmes la nuit à discuter l'éternelle et angoissante question des *catégories*. Je ne puis songer sans une savoureuse gaîté à l'effarement d'un voyageur nous surprenant là, tous deux, buvant une menthe à l'eau, nous offrant à tour de rôle du tabac dans nos blagues en vessie de porc et disant avec la plus candide ingénuité :

— Permettez, je crois, que vous faites ici une légère confusion entre le *Vernunft* et le *Verstand*...

— En somme, toute la question revient à ceci : comment des jugements synthétiques *à priori* sont-ils possibles ?...

— Remarquez-le bien : c'est ce pouvoir de synthèse du moi, unifiant tout le divers dans l'acte de la pensée que Kant nomme aperception pure...

— J'en appelle au commentaire qu'a donné Barni...

— Ah ! mais non, Monsieur, pas du tout, mais là, pas du tout. Si vous ne m'accordez pas que dans tout changement de phénomène persiste la substance dont la quantité n'augmente ni ne diminue dans la nature, alors je ne réponds plus de rien...

— Mais, sacrebleu, Monsieur, que voulez-vous qu'on foute d'un noumène privé de conscience ?.....

J'ignore par quels avatars ce savant manqué échoua dans ces montagnes et présida aux destinées d'un estaminet fréquenté par des charbonniers italiens. Je n'ai rien su de sa vie passée et j'ai pris la fuite, le lendemain, à cause de l'exécrable cuisine. Ce dont je suis certain c'est qu'on n'a jamais parlé de Kant à une telle altitude. Voilà d'ailleurs mon seul record.

Tancrède DE VISAN.

# LA POÉSIE

*PARLER*, par M. P.-J. Jouve

Je disais ici même, le mois dernier, tout le mal que je pense de *l'école* unanimiste ; le livre de M. Jouve augmente, s'il se peut, le regret que j'ai de son existence.

Il est en effet indifférent que des écrivains sans valeur se fourvoient : mais M. Jouve a une sensibilité originale et profonde, un souci très noble de s'exprimer sans complaisance pour « le public », — enfin les éléments premiers d'un talent personnel, — et il m'est pénible de lui voir gâcher des dons si rares.

M. Jouve est obscur et sensible.

Il est obscur et je ne veux pas faire le procès des écrivains obscurs ; je reconnais à tout auteur le droit de réclamer notre effort pour « une conquête délicieuse », — comme on écrivit à propos de Mallarmé. Encore faut-il, sous peine d'un irréparable manque de goût, que la conquête soit délicieuse... c'est-à-dire qu'après lecture et méditation on soit initié à une œuvre dont l'harmonie achevée soit la justification de cet effort.

Ici nous ne découvrons guère que des intentions ; les irritantes ténèbres que nous devons percer ne livrent point une féerie, mais un pressentiment. — Passons toutefois.

M. Jouve est sensible : il est extrêmement sensible, — plus, à mon avis, que M. Jules Romains, — aux impressions de vie collective. S'il n'a pas la puissance de ce dernier, il maintient mieux en ses poèmes l'étrangeté de cette vie collective, son caractère extra-humain. Et, plus prudent, il sait parfois s'arrêter à un stade où n'apparaît que son reflet sur la vie individuelle :

> Dors la tête chaude,
> Enfant sans soleil.
>
> Sous la harpe lointaine
> D'un pont traversé,
>
> Ton père a retrouvé
> Sa plus vieille haine,
>
> Et ta mère attend
> Un mouvant mystère.

> N'entends pas la rue
> Où meurt un tombereau,
>
> Et dors la tête chaude,
> Enfant sans soleil. (1).

Le poème qui fait suite à celui-ci (*Son rire absolument pur...*) est encore plus proche des thèmes habituels. Et tels autres (*Plongeons la rame..., Avance le pied doux...*, etc.), rejoignent nettement ces thèmes. — Ce ne sont pas les meilleurs. — Certains, par contre, s'en éloignent davantage et tentent d'exprimer la vie collective par des moyens plus directs (*Dans un rayon pour la rue..., Un train s'épand sur les murs..., Quand tu penchas ton front luisant de vivre...*, etc.). Je ne les aime guère non plus.

Les premiers pèchent en ce qu'ils s'écartent du tempérament de M. Jouve, les seconds en ce qu'ils le forcent. C'est au degré intermédiaire que l'inspiration de ce poète me paraît le plus heureuse :

> Il fallut penser à elle,
> Cette femme frêle et sombre,
> Chaque fois où vint éclore
> Un certain feu sur la gauche.
>
> Quelle paix triste et hautaine
> Devait combler son attente
> De l'heure que criaient déjà
> Les périodiques lueurs...
>
> Je la revis, debout de joie,
> A l'aurore des nuits roses,
> Une lèvre pour la promesse
> Et deux yeux à jamais purs,
>
> Immobile et déchirée
> Par la lenteur de son cœur
> Au fond de ce sourire
> Qu'elle prononce sur le monde...
>
> Je l'aimai de toute l'ombre,
> Je l'aimai de mille feux.
> La minute la plus heureuse
> Décida de mon départ (1).

Certes, des impressions proches avaient été rendues par Verhaeren ; ces strophes n'en gardent pas moins leur beauté.

La part légitime faite au talent de l'auteur, ne faut-il toutefois

(1) *Jeux*, IV.
(1) *Instants*, V.

pas reconnaître que la langue française est surtout propre à exprimer
autre chose ?

Analytique et précise en ses nuances, — comme fut le grec, —
elle évoque avant tout l'individuel. Ce disant, je constate un fait, sans
reproche : car M. Jouve, prisonnier de lui-même, ne pouvait que manifester son tempérament.

Mais il est des choix, des habiletés, des délicatesses de procédé,
— tout un tact par quoi s'évite une disproportion choquante entre le
but et les moyens. Autant que M. Jules Romains, M. Jouve en est
dépourvu. Peut-être même va-t-il plus loin que ce dernier dans l'abus
des formes faciles : vers blancs ou par très vague hasard assonnancés,
vers qui, se croyant libres, ne sont qu'amorphes... l'arsenal à toutes
fins de M. Romains passe aux mains de M. Jouve, clichés compris :
car l'unanimisme possède ses lieux communs, exaltation des images
familières. Il y a les trains, il y a l'Est, il y a le Nord, il y a, bien
entendu, l'Usine, la Rue, la Gare, la Ville... Il y a aussi Dieu; ce
mot prend ici un sens assez éloigné de son ou de ses sens habituels,
mais il n'est que de s'entendre, et ce sens nouveau, chez M. Jouve,
est précisément celui que M. Jules Romains assigne audit terme.

Les méditations de M. Jouve sur l'évangile unanimiste aboutis-
sent à tels résultats qui ne manquent pas de gaieté :

> Ah ! nous sommes mûrs. Un vol de moustiques
> Se mélange à l'effusion d'une arroseuse.
> Une guêpe arrondit notre âme pathétique (1).

Vraiment ? Vous êtes mûrs ? Il ne fallait pas le dire. Cela explique, il est vrai, que votre âme soit pathétique, surtout après l'effusion
touchante de cette arroseuse. De si risibles détails dans une œuvre
qui, je le répète, témoigne de dons indiscutables, font regretter que
l'auteur n'ait point eu, pour guider son enthousiasme, cette qualité
qui ne crée point, mais discerne, donne une pudeur à l'instinct, une
forme au chaos mystique, et au génie français la sûreté de ses arts :
de l'esprit.

*<br>* *

### *KONG HARALD*, par Luc Durtain

Si l'exemple de M. Jouve prouve que le parti-pris unanimiste
gâte à merveille un talent, celui de M. Luc Durtain montre ce qu'on
en peut attendre quand il n'a aucun talent à gâter.

*Kong Harald* est une suite de tableaux polaires. Il va sans dire
que l'auteur se livre à de violents efforts pour se confondre, selon les
dogmes de l'École, avec le bateau, la mer, les rochers et exprimer tant
bien que mal l' « état d'âme » de chaque paysage... Le moyen le plus

---

(1) *Paroles.*

simple étant d'humaniser le paysage, M. Durtain en vient de suite à écrire :

> Je me saisis du bastingage
> Gros comme une cuisse et observe
> Au loin l'origine d'un flot :
> Il se gonfle, se précipite,
>
> Coups de thorax, hauteur d'épaules.
> Et puis déjà la barbe blanche...
> Commandée par cent faits à barbe,
> La mer, etc.... (1).

Appeler les vagues « faits à barbe » est une trouvaille peut-être charmante; j'avoue cependant qu'elle m'effare un peu, — pas plus, pas moins que cette comparaison :

> Des phoques gras comme des métaphores... (2).

La manière la moins charitable de critiquer M. Luc Durtain serait d'accumuler les citations. J'estime que suffisent ces deux échantillons de son savoir-faire : le ridicule tue encore en France et il serait cruel d'insister.

*<sub>*</sub>*

*LA PELOUSE*, par M<sup>me</sup> CÉCILE PÉRIN

M<sup>me</sup> Cécile Périn possède un sentiment de la mesure que nous ne sommes guère habitués à rencontrer chez les poétesses de ce temps. Que ses sœurs dyonisiaques me pardonnent de l'en féliciter! Je ne saurai pas moins admirer, à l'occasion, l'éclat de leur véhémence...

Le talent de M<sup>me</sup> Périn présente un double aspect : émue devant les jardins, le ciel, la campagne, d'une joie qui s'épanouit sans violence, elle succède par là aux poètes naturistes ; d'autre part, elle reste très doucement féminine par son goût de l'intimité, de « la maison », des blottissements longs et discrets, par un sens pur de l'amour... Voici une pièce qui correspond assez bien au premier de ces caractères :

> Toute la nuit le vent dans les arbres fit rage.
> L'orage s'abattit, terrible, et ruissela
> Avec un long fracas triste sur le feuillage ;
> Et le parc tout entier comme un arc se plia.
>
> L'été vaincu trembla dans sa robe souillée.
> Nous entendions rouler et rouler ses sanglots
> Dans un grand tourbillon de feuilles arrachées
> Et ce ruissellement interminable d'eau.

----

(1) *Mer du Nord.*
(2) *Spitzberg.*

Mais que le ciel est pur ce matin d'août? Serait-ce
Que nous avons rêvé ces choses de la nuit?
Splendide et vif le jour s'éveille et nous caresse,
Et le parc, baigné d'or, comme un jeune enfant rit.

Est-il un nid de moins dans les hêtres? L'espace
Pépie, ivre de cris délivrés et d'appels;
Et d'un geste puissant l'été redresse, intactes,
   Toutes les cimes sur le ciel.

Et voici une *Lettre* qui brûle d'un feu secret...

Tu as fermé ses yeux. Tu as serré ses mains
Sur le visage adolescent de l'aventure.
Tu as dit : j'ai crié, gémi, souffert en vain ;
Tout ce passé brûlant n'était pas mon destin.
Ma vie était un souffle et mon cœur un murmure.
J'aime le calme gris des jours sans battement ;
J'aime la cendre où lu't sans s'élancer la flamme.
Et je t'étoufferai, rythme trop palpitant,
Qui troublas le silence accompli de mon âme.
— Mais quoi, le cœur battant, le délire et la fièvre,
Par les mille désirs l'être multiplié,
Mais ce goût de la vie, unique sur les lèvres,
Et tous ces élans fous liés et déliés,
Leur diras-tu qu'il faut mourir sans une larme,
Stoïques, sous le vent des jours se dessécher,
Leur diras-tu qu'il faut haïr ce qui s'attarde
De rêve dans tes yeux où l'amour s'est penché,
Et que c'est ton destin morne de jeune femme?

M<sup>me</sup> Cécile Périn a parfois des faiblesses d'expression, des maladresses... du moins est-elle sincère avec tenue et tendre sans vulgarité. De combien de femmes de lettres pourrait-on dire autant ?

*<br>* *

*RELIQUIÆ*, par Charles GROLLEAU

Cette dernière édition de *Reliquiæ* contient de nouveaux poèmes. Le style poétique de M. Charles Grolleau nous ramène à bien des années en arrière, mais ce recul n'est pas sans charme ; et, à tout prendre, je préfère la réserve de l'auteur qui s'en tient aux moules éprouvés à l'outrecuidance de celui qui, sans porter en lui les puissances justificatrices de toute audace, sacrifie inconsidérément (ou par le pire calcul) à notre curiosité du nouveau à tout prix. Les vers de

M. Grolleau sont dignes de toute estime, comme me semble en faire
foi ce sonnet :

> Les Heures en riant dansent, les mains unies ;
> Heures neuves d'enfance, au beau front ingénu,
> Toutes laissent des fleurs tomber de leur sein nu
> Au souffle pur des brises pleines d'harmonies.
>
> Toi seule, sanglotant, dédaignes et renies
> Ce rayon de soleil on ne sait d'où venu,
> Et tu rêves toujours d'un baiser inconnu
> Sur tes cheveux et tes paupières rajeunies.
>
> Ah ! Folle, qui languis en attendant l'amour
> Et vois que tant de fleurs se fanent chaque jour,
> Mon âme, cueille au moins cette joie éphémère !
>
> Bientôt la Mort viendra vers toi comme un voleur,
> Et, soufflant sur le feu qu'alluma ta chimère,
> Sèmera dans le vent les cendres de ton cœur.

Et celui-ci est plus émouvant, en sa noble amertume, que tel
*Exegi monumentum :*

### PROPITIATION

> Je ne vivrai jamais dans la mémoire humaine ;
> Mon vers, comme un clou d'or, ne pourra s'y planter ;
> Pourtant, sur le chemin de la tombe prochaine,
> Sans l'espoir d'un écho d'amour, je veux chanter.
>
> Si, féru d'un laurier que l'ombre rassérène,
> Mon front s'est réjoui de triomphe et d'orgueil,
> Quand j'ai senti mourir l'illusion hautaine,
> Avec sérénité, mon âme a pris le deuil.
>
> Car, promis à l'oubli, je ne saurais me taire,
> Et peut-être mon cœur doit-il être un martyr.
> Avec son sang muet, le Maître de la terre
>
> Baigne de nobles fleurs qui ne sauraient mourir,
> Et ces fleurs du Génie encor dans le mystère,
> C'est pour les féconder que je dois tant souffrir.

*⁂*

*LES ANTIDOTES FANFRELUCHES*, par A. Yves LE MOYNE

Le livre de M. Yves Le Moyne m'a fort amusé. L'auteur possède
l'art du pastiche, dont la difficulté principale est qu'en telle matière
il ne faut jamais railler avant d'avoir compris.

Or, ces « à la manière de... » ne versent point dans les grossièretés de la charge, et les antidotes de M. Yves Le Moyne savent rappeler le charme de certains poisons... Ce volume contient du macabre
à souhait; le lombric blanc des Enterrements mène la danse. La
plus haute pataphysique y est affirmée, et ce nous évoque le temps
où Jarry et ses amis n'échangeaient, au café de la place Blanche,
de paroles que définitives, et selon les propres canons du père Ubu :
l'auteur du *Surmâle* n'avait-il point, au reste, conquis les lauriers les
plus héroïques en se faisant faire place à coups de revolver sur l'im-
périale d'un omnibus complet, place de la Madeleine? Du moins l'af-
firmait la légende, plus vraie que l'histoire...

Par delà René Ghil, Rollinat et Alfred Jarry, M. Le Moyne
réveille même l'ombre du « maître styliste » Aloysius Bertrand, qui
n'eût pas dédaigné de signer certain *Guilledou des Gueux de Nuit*.

*<br>* *

## *LE CIRQUE PASSIONNÉ*, par Marcel MILLET

Encore un disciple de Laforgue! Que M. Marcel Millet ne m'en
veuille point de l'englober dans une réprobation collective! J'aime
Laforgue, dont je tiens quelques poèmes et quelques morceaux de
prose pour très beaux : et je n'entends point par là qu'ils soient des
exemplaires parfaits de l'art d'une école ; tout au contraire je les con-
çois comme strictement personnels, et ne leur en attache que plus de
prix. *La Complainte de l'Organiste de Notre-Dame de Nice*, la *Complainte du Roi de Thulé*, presque toute l'*Imitation de Notre-Dame-la-
Lune*, diverses autres pièces et plusieurs passages des *Moralités légen-
daires* resteront, je crois, dans notre littérature comme des pages poi-
gnantes, créées selon des moyens immédiats et nouveaux. Seulement...

Seulement, il est trop facile de faire du Laforgue.. A Laforgue
lui-même il arriva de « faire du Laforgue », et il fut alors bien insupportable. La subtilité balbutiante, la tendresse bêtifiante, un ton de
conversation qui est un perpétuel manque de tact, il ne laissa échapper aucun moyen d'exaspérer le lecteur. Alors que dire de ceux qui
l'imitent, — même en plus gai, — et n'ont pas l'excuse de montrer
de temps en temps du génie?

Imiter est parfois une façon de débuter : il convient alors d'attendre. Souvent, hélas! l'imitation est plus : elle marque les bornes
où s'arrêtent les capacités d'un écrivain, — et il suffit de négliger cet
écrivain. — Je veux croire que M. Marcel Millet est dans le premier
cas.

Mais qu'il me soit permis, à l'occasion de son livre, de rappeler
un danger. Tels auteurs peuvent être imités sans laisser à qui s'en inspire une trop visible et trop fâcheuse empreinte ; d'autres, et non des
moindres, risquent de dévoyer à tout jamais un talent : je citerai Mallarmé, Rimbaud, Laforgue.

Mallarmé, par son culte très apparent de la forme et sa recherche des transpositions éloignées, qui chez tels de ses dévots se transforment en mépris de l'émotion, — Rimbaud, par le rôle qu'il fait jouer aux analogies et sa curiosité du futur, éléments dont se réclameraient un « futurisme » oublieux et un unanimisme brutal, — Laforgue enfin, par l'étalage indiscret de son tourment, par les formes peu définies dont il usa pour le traduire, induisent à une fort mauvaise littérature tels jeunes — ou vieux — poètes qu'une seule admiration emporte et qui n'ont peut-être pas l'énergie de chercher, au delà de ce qu'ils ont admiré et aimé, ce qui ne pourrait être créé que par eux-mêmes.

Aussi souhaité-je à M. Millet, — entre autres, — de nous révéler bientôt son propre talent.

★<br>★ ★

### *L'AME DU FLEUVE*, par René GEORGIN

M. René Georgin a écrit là des poèmes qui ne prétendent point rénover l'esthétique littéraire; comment ne pas lui savoir gré d'une discrétion devenue si rare !

Son talent use de formes modérées et châtiées, et rien de ce qu'il écrit n'est contraire au génie de la langue. Lui reprocherai-je certaine froideur où la rhétorique universitaire pourrait avoir sa part ? J'aime mieux citer quelques-uns des irréprochables vers que contient son livre :

> Mais le fleuve, ennemi des tons tranchés, persiste
> A chérir l'âme de ces bois subtils et tristes ;
> Il entend dire aux riverains qui le fréquentent
> Que l'automne, malgré sa splendeur apparente,
> Renferme en soi déjà plus d'un germe de mort :
> Mais il n'importe; et le fleuve préfère encor
> Tous les raffinements douloureux de l'automne
> Où montent des brouillards, mais où brille de l'or,
> A l'impassible vert des étés monotones (1).

De la pièce suivante, chacun goûtera la grâce précieuse et voilée :

#### REGARDS

> J'aime tes yeux rêveurs qui suivent ma pensée.
> Comme des diamants aux longs cils de lumière
> Inclinent la blancheur de leur flamme bercée
> D'après le rythme lent de la main balancée,
> Tes yeux penchent leurs feux aux chatons des paupières :
> Tes regards voltigeant comme un essaim d'abeilles,
> Posent sur moi le vol de leurs ailes vermeilles

---

(1) *Fleuve automnal.*

Et m'apportent l'aveu de ton amour qui veille...

Et je détache des *Litanies de l'eau* ce distique délicieux :

Laissant flotter au loin toute mélancolie,
L'eau retient son sourire au milieu des prairies.

***

*DERNIERS RONDELS PAÏENS*, par Ferdinand Lovio

M. Ferdinand Lovio a écrit un nombre considérable de rondels, tous païens. Il y a les *Rondels païens*, les *Nouveaux Rondels païens*, les *Nouveaux nouveaux rondels païens*, — enfin ceux-ci.

M. Lovio n'est jamais de mauvaise humeur. Et ses poèmes qui ont parfois d'autres mérites, ont toujours celui d'être licencieux. Témoin ces treize vers à la gloire de *Venus Aversa* :

> Les Dames du Dix
> Ou les « Spéciales »
> Florissent, Myrtale,
> Dans ta Sybaris ;
>
> Inverse Cypris,
> Ce sont les vestales,
> Les Dames du Dix
> Ou les « Spéciales »
>
> Mieux que fleur de lis,
> Rose qui étale
> Trente-deux pétales
> T'évoque, beau fils,
> Les Dames du Dix.

A quand les *Derniers derniers rondels païens?*

***

*LA GLOIRE INTÉRIEURE*, par Henry Marx

Je pense que la gloire dont il s'agit est celle que s'accorde M. Henry Marx. Il ne la proclame qu'intérieure, et c'est un signe de modestie évident.

Touché par tant de réserve, j'ai voulu savoir de quoi les rayons de cette gloire étaient faits. Et j'ai vu des choses bien impressionnantes. Toutes les formes de la grandiloquence poétique au service de tous les élans du mysticisme facile... Des souhaits comme celui-ci :

> Je voudrais être, au bord des tempêtes d'horreur,
> L'immense feu clamant sa lumière aux défaites,
> Et qui déploie un bon accueil d'âmes en fêtes
> Pour les cœurs délirants, poignés dans la terreur (1).

Le dernier vers porte bien *poignés dans la terreur*. — Et ce *Te Deum*, dialogue entre le Poète et la Vérité, où le Poète, tour à tour *apeuré dans sa fièvre, transi, envoûté, humilié, avide de certitude, éploré, étonné, en extase, au cœur d'homme* et *agonisant*, finit par mourir, — il y a de quoi, — sous les répliques d'une interlocutrice successivement *courroucée, généreuse, railleuse en sa force, impitoyable* et *illuminée*. Et cette *Ferveur* :

> Tu viendras dans un soir de septembre au ciel calme ;
> L'arbre de mon jardin ne sera qu'une palme,
> Une palme vouée au front clair de tes yeux.
> Je guetterai la route, et mon cœur anxieux
> Reconnaîtra ta grâce et ta marche inconnue.
> Sur le seuil de ma joie ouverte à ta venue,
> Mon âme t'attendra sereine en sa raison.
>
> . . . . . . . . . . . . . . . . . . . . . . . .
>
> Nous voudrons savourer notre intime démence
> En ma chambre de fièvre où mon cœur s'est usé,
> Et tu seras, ô mon amour réalisé,
> Idolâtré dans ma caresse inassouvie.
> Tu viendras dans le soir unique de ma vie ;
> L'invisible jardin encensera nos corps ;
> Nous nous esseulerons, d'abord, dans nos remords,
> Dans nos secrets, dans le passé de la mémoire,
> Puis nous nous étreindrons pour vaincre l'illusoire...

Tout cela est bien tentant. M. Henry-Marx est, du reste, professeur de bonheur. Ne doutons pas des joies qu'il peut départir et, surtout, ne troublons pas ses leçons.

*<br>* *

Les *Rêves* de Mᵐᵉ Charles Margueritte témoignent, prose et vers, d'une bonne volonté que je me plais à reconnaître. Et je rends pareillement hommage à l'élévation de ses sentiments, à la fidélité de son souvenir, à la délicatesse de son cœur. Pourquoi parlerais-je de ses qualités d'écrivain après avoir, trop brièvement, il est vrai, dit le bien que j'ai appris de son âme exquise ?

CLAUDIEN.

---

(1) *Destin.*

# LES ROMANS

*A propos de* PAUL BOURGET

Les paroles et les actes des romanciers, s'il y a publicité, relèvent de cette rubrique, comme leurs œuvres. Ces mots et ces gestes expliquent du reste les livres. Le talent tient du caractère; tant vaut l'homme, tant vaut l'auteur. Un scribe de bas étage ne peut qu'être aussi un pleutre.

L'écrivain qui sait l'honneur et les devoirs de tenir une plume n'a pas qu'à apprécier librement les productions. Il doit à sa dignité de ne point laisser passer sans la honnir la vilénie manifeste d'un homme de lettres.

C'est à ce titre que j'estime impérieusement nécessaire de flétrir l'attitude de triste maroufle qui fut celle de Paul Bourget parmi le drame du *Figaro*. Elle synthétise au surplus l'immondice de la série d'ouvrages où ce faquin de gloriole affirma l'une des plus laides âmes de ce temps.

On sait les faits et de quel prix tragique M. Calmette, qui fut toujours homme et Français avec une haute courtoisie, paya son urbanité d'accueillir une dame lui demandant audience. Les opinions les plus adverses ont noblement salué cette mort, risquée dans une spontanéité de simple bravoure et de politesse. Toutes ces opinions se doivent retrouver dans le mépris pour ce conseil de lâcheté malotrue que Paul Bourget osa souffler à M. Calmette :

— Vous n'allez pas la recevoir... (*Les Journaux*).

Goujat !... Un homme évincer une femme, la fuir, insulter de sa dérobade la femme d'un ennemi, à l'heure de la lutte... M. Calmette n'hésita pas... Le sacrifice de sa vie, j'en suis sûr, ne lui aura pas fait regretter d'avoir accompli son devoir de civilité chevaleresque. Le Paul Bourget d'une littérature misérable ne peut pas s'élever à de tels sentiments. Le corbeau a le vol bas. Autant que ce valet d'écriture outragea la langue française dans sa syntaxe, il n'y eut qu'à sourire et à blaguer. Mais il faut jeter son dégoût au cuistre qui osa prononcer cette phrase abjecte, dont chaque mot salit notre langue dans son honneur. L'héroïsme, autant que la clarté, est un prestige de notre idiome. A qui aime et respecte celui-ci, sa moralité importe au moins autant que son esthétique.

C'est avec l'orgueilleuse confiance d'exercer une justice professionnelle que j'écris ces lignes. Libre à de vieilles catins plus ou moins particulées et à des charcutières cossues de s'obstiner quand même à l'exhibition de ce macaque de la grimace mondaine. Les gagas de la Coupole peuvent aussi ne pas rougir de tendre leurs dextres à un grimaud qu'Armand du Plessis n'aurait pas daigné distinguer de sa botte. Du moins une fière indépendance de critique aura flagellé comme elle le méritait la honte d'un plumitif comblant sa mesure dans un conseil de grossièreté et de couardise à l'égard d'une femme.

La phrase répugnante sera désormais l'épigraphe digne pour l'œuvre d'un pornographe de jésuitières, qu'on aperçoit bassement dissimulé dans toutes les coulisses du scandale, promenant aujourd'hui dans les latrines de Tartufe un groin exercé jadis dans les bidets des caméristes.

Durandal et Joyeuse, aciers magnifiques de l'épopée française, votre splendeur nationale ne se sent-elle pas ternie de la parade d'une épée au flanc de cet académicien?...

*Du Côté de chez Swan*, par M. MARCEL PROUST (1 vol. 3,50, chez Bernard Grasset, éditeur).

Les philosophes ont dans les romanciers de bien compromettants traducteurs. Les récits de Zola desservirent beaucoup la gravité énergique de Claude Bernard et d'Auguste Comte. Et je gage que M. Bergson doit estimer défaillante l'application de ses théories essayée dans le roman de M. Marcel Proust. Mon opinion est d'ailleurs que le système de M. Bergson, de méthode très étroite, fournira peu de matière littéraire et que celle-ci est déjà épuisée par la mondanité du philosophe.

Pour en terminer tout de suite avec les défauts de M. Marcel Proust, j'ajouterai que son mépris de l'action dans la succession des incidents est abusivement manifeste et que trop d'études de manies nuisent à l'imposition de ses caractères.

Ceci déclaré, il sied de constater que ce livre — début d'une trilogie — est l'un des plus originaux et des plus synthétiques qui aient été publiés depuis longtemps. Original, non par le sujet qui apparaît tronqué en ce premier épisode, mais par la présentation minutieuse et subtile des êtres et des aîtres. Synthétique parce que tous les sentiments des générations et des écoles récentes, toutes leurs idées, toutes leurs formules d'expression sont assemblés et disposés pour le meilleur effet des analyses et des descriptions. M. Marcel Proust, s'il a abdiqué l'orgueil d'une innovation personnelle, a accompli un admirable effort dans la cohésion des pensées et des modes de ce temps.

Une très fine poésie, servie par une langue d'heureuse diversité, a présidé à la composition des mille tableautins extrêmement variés se succédant au long de ce monumental volume. Son puissant total de pages effrayerait la majorité de nos romanciers actuels. Il faut une sûre maîtrise pour éviter l'ennemi dans une telle tentative. Pas un instant on n'éprouve la moindre lassitude. Quelquefois on ressent une crispation de l'excès de microscopie; on souhaiterait du large et de l'envol; on regrette les éclaircies splendides qui illuminent les agitations non moins touffues d'un Paul Adam. Cependant, à la fin de l'œuvre, dans le souvenir des multitudes d'émois goûtés, on garde la satisfaction d'avoir lu un fier livre. Un livre qui n'aura pas d'influence, qui ne changera rien aux mœurs ni aux tendances, mais qui demeurera comme un magistral document, important et rare.

*L'Eveil*, par M. MAURICE DEROURE (1 vol. 3,50, à la Librairie Plon)

J'ai ouvert ce volume. J'ai vu qu'il était dédié à M. Henry Bordeaux. Et je n'ai pas lu plus avant.

*Les Gâcheuses*, par M. MAXIME FORMONT (1 vol. 3,50, chez Lemerre, éditeur)

Le désir de plaire est un écueil néfaste pour l'artiste. La recherche de l'agrément comporte tant de défections! et l'auteur admet pour lui-même trop des facilités proposées à ses lecteurs.

Les premiers livres de M. Maxime Formont furent d'un artiste, inégal certes, pas assez audacieux, qui datait déjà un tantinet, mais scrupuleux et expert. Quelques ventes abondantes de ses éditions l'ont bien vite égaré dans le genre à succès. C'en est fini pour lui des volontés de thèses neuves, de sujets aigus, de style pur. Hélas! l'auteur si lointain des beaux contes de *Voluptés*. Hélas! les actuelles *Gâcheuses!*

Ce roman mondain (avec quelle départementale ingénuité) des coquettes qui gâchent leur existence et celle de leurs compagnons se réfère à la banalité des livres élus par la paresse des belles madames. Une sentimentalité où l'écrivain dénonce une absolue ignorance de la femme n'a d'autre objet que de rendre plus piquantes quelques effervescences libertines. Procédé commode... C'est du bon Marcel Prévost...Peut-être M. Maxime Formont prendra-t-il ceci pour un éloge... Tant pis...

*L'Homme Dépouillé*, par M. BINET-VALMER.

Une publicité tonitruante autour de ses compositions de rhétoricien attardé conféra aux débuts de M. Binet-Valmer cette notoriété que la réclame multipliée assure aux eucalyptines, aux analgésiques et aux opiats contre le gonocoque. Aujourd'hui M. Binet-Valmer est l'un des écrivains les plus chers aux candides personnes qui jurent encore par la littérature du *Journal*. Un tel succès est d'ailleurs fort congruent. Aux pathétiques ordinaires du roman-feuilleton, l'écrivain combine à doses savantes l'élégance amidonnée de psychologies troublantes et la fantaisie de paradoxes d'avant-hier. Sans oublier, bien entendu, les croustilleuses petites obscénités qui condimentent indispensablement la ratatouille d'écriture servie aux clients de la maison Letellier. Il est très bien que de la sorte M. Binet-Valmer s'érige un grand homme pour les calicots alarmés du vide abscons de M. Abel Hermant et que des contes à frisson facile, à poésie mauve, parés d'une rédaction médiocre mais appliquée, contrebalancent auprès des lyriques receveurs de l'enregistrement la gloire magnifique de M. Michel Provins. Et je vous garantis bien qu'égaler M. Michel Provins auprès de ces Messieurs n'est pas un mince triomphe. Ah! fichtre!...

Que M. Binet-Valmer limite à ces rivalités ses ambitions, c'est son droit, et j'admets fort commercialement louable sa probité à fournir la marchandise à lui commandée. Mais qu'à son occasion soient évoqués les prestiges de Maupassant et de Barbey d'Aurevilly, voilà qui est tout de même pure démence. J'aurais même cru à de l'ironie si cette comparaison n'avait été signée par M. Pierre Decourcelle dans un papier du *Journal*.

*Habent sua fata...* L'exaltation de M. Binet-Valmer par l'auteur des « Deux Gosses » et de la « Môme aux grands yeux » ne vous semble-t-elle pas une terrible fatalité littéraire?...

*Les Amants sur la Rive*, par M. HENRI STRENTZ (1 vol. 3,50, chez Georges Crés et Cie, éditeurs).

Les poëtes ont toujours tort de tenter le roman. Ce genre est soumis à des lois strictes et à des proportions définies, bornées dirai-je même, qui sont souvent en désaccord avec le lyrisme.

J'estime trop la belle originalité et la noble conscience poétiques de M. Henri Strentz pour dissimuler que son roman n'échappe pas à cette fatalité qui accabla les plus grands.

Le sujet est neuf et poignant : antagonisme inimitable du sport et de l'art. Les âmes, élues et analysées avec passion, sont prestigieuses. Le duo idyllique, très simple comme en affectionna Camille Lemonnier alterne parfaitement en ferveurs sentimentales et voluptueuses, en fougues et en lassitudes, en douceur et en drame. La rivière qui préside à cet amour est animée avec un enthousiasme de l'eau qui parvient à surpasser fréquemment celui de Stevenson.

Cependant tous ces mérites n'ont pu constituer un roman. Pourquoi?... Parce que le poëte (et les artistes, du moins, y prendront grand plaisir) prétend diriger et ordonner l'œuvre; parce que l'intérêt du récit, à chaque page, est suspendu par les délicieux papillonnages de l'aède à travers les fantaisies de l'heure et du décor; parce qu'il y a excès d'images dans les psychologies et excès de psychisme dans les descriptions; parce que le style est trop pur et trop hautain, ne dédaignant pas les nécessaires vulgarités dans la narration ou le dialogue. Mais à quoi bon critiquer ainsi le roman? Ces chicanes de méthode ne peuvent que faire mieux éclater le succès de M. Strentz dans son véritable effort : la création et le chant d'un magnifique poëme d'amour et de nature.

*En cueillant le jour...*, par M^{me} MADELEINE-ANDRÉ PICARD (1 vol. 2,50, chez E. Figuière, éditeur).

La lecture de cet « élégant vol. in-18 Jésus » (d'après la notice éditoriale) rendra agréables quelques heures d'un de ces jours selon le programme sybaritique du *carpe diem*. Les dix nouvellettes qui composent l'ouvrage sont d'une aimable grâce et d'une philosophie légère (je prie qu'on entende élogieusement ce qualificatif).

*Entre les Deux Mondes*, par M. Guglielmo Ferrero (1 vol. 3,50, à la librairie Plon).

Les romanciers qui situèrent leurs épisodes ou leurs thèses parmi la vie d'une traversée transatlantique s'adonnèrent coutumièrement à des futilités de flirts (la mer est si aphrodisiaque !). Les héros de M. Guglielmo Ferrero font autre chose que l'amour : ils dissertent d'esthétique et de philosophie sur le trajet Rio de Janeiro à Gênes. Il est possible que, sous la forme de causeries, les contradictions soutenues aient pu être fort passionnantes — les heures à bord sont si longues et si vides ! — mais leur rapport en livre est franchement bien ennuyeux. Du reste, fidèle à un système d'un italianisme trop subtil, M. Ferrero développe les controverses avec une verbosité qui laiss etrop émaner l'indifférence du rhéteur. Le lecteur (c'est le défaut principal de ce système) en vient à partager bien vite cette indifférence.

L'objet de l'écrivain, en gratitude de l'accueil à lui réservé par les salons et les librairies de là-bas, semble avoir été de nous faire admirer l'intellectualisme des beaux aspects du Nouveau Monde. Il n'y a pas réussi. Nonobstant les adjectifs techniques prêtés par l'érudition universitaire de M. Ferrero à ses protagonistes, les opinions de ceux-ci sur l'art et la société, sur l'action et sur le rêve ne sont pas autre chose que les ressassages de paradoxes débattus depuis longtemps aux tavernes de la Rive Gauche ou aux brasseries d'Iéna entre bohêmes et pions.

L'Amérique du Sud n'a décidément pas encore créé mieux que la pensée de M. Enrique Larreta. C'est peu. L'exportation spirituelle de l'Argentine et du Brésil n'est pas à appréhender. Jusque des avenirs fort lointains, les Indiens d'occident se contenteront de contaminer la vieille Europe avec les carnes frigorifiées, la syphilis et les titres véreux.

Louis Latourrette.

# CRITIQUE ET ESTHÉTIQUE GÉNÉRALE

## ELOGE DE SAINT BONAVENTURE

M. Edmond Pilon serait-il, sans le savoir, un Franciscain de la religion littéraire ? Après les *Muses et Bourgeoises de jadis*, les *Portraits tendres et pathétiques*. Ses *Portraits de sentiment* (1) ne permettent plus d'en douter. Les rites de sa piété — humble mine et lyrisme dévotieux — semblent assez trouver leur principe dans cette même passion, pure en son objet et gonflée de sensualité, qui exaltait l'ardent bâtisseur d'églises sur les sentiers d'Ombrie...

Il en va de la critique comme de la théologie. Et ce parallèle n'est pas, à tout prendre, de pure occasion. On les peut aborder, l'une et l'autre, en janséniste, en charbonnier, en chien du seigneur (*Domini canes*), en quiétiste... que sais-je ? S'il faut nommer le précurseur direct de cette tradition critique dont Edmond Pilon a saisi le fil de main d'ouvrier, l'aïeul véritable, comme il est celui des frères Tharaud, du *Ravaillac* et du *Déroulède*, de Suarès à certains bons jours, de Jean-Lucas Dubreton, auteur de l'admirable *Disgrâce de Machiavel*, et de quelques autres encore, c'est saint Bonaventure de Bagnorea que je désignerai.

Henry Thode, Allemand et historien de l'art, a timidement esquissé un portrait de Bonaventure à ce point de vue. Mais pleine justice littéraire n'a jamais été rendue à ce général de l'ordre mineur, inspirateur d'un Dante et d'un Giotto, et instaurateur d'une méthode critique selon l'esprit de saint François.

Aux paroles du *docteur séraphique*, le pécheur se hausse vers Dieu, degré par degré, le long de l'échelle mystique, à travers une série d'incomparables émotions : toutes terrestres d'abord et souillées de limon grossier, qui côtoient l'abîme de la faute, puis affinées d'intelligence, baignées de larmes et d'intuitive tendresse, s'élevant enfin au delà du ciel cristallin sur des ailes de musique jusqu'à se fondre en Dieu... Et voici, grâce à Bonaventure, la vierge-mère présente à toutes les heures de l'apostolat, de la méditation, du calvaire de son fils, touchant de sa grâce le cœur le plus endurci. Et voici, sans jamais un fléchissement, le minutieux commentaire concret de l'Evangile.

---

(1) Edmond Pilon. Portraits de sentiment. (Daniel de Foë. — Suite au récit du chevalier des Grieux. — Louis Chénier. — Madame Daubenton. — Le général Marceau et Mlle Desnellier). — Paris. — Mercure de France.

Admirable méthode ! Ce culte d'une âme en pleurs, cet accès à la divinité par la souffrance et l'humaine sympathie, tel est le secret déposé dans l'*Itinerarium* et les *Méditations*. La connaissance intime d'une œuvre ou d'un caractère, comment l'atteindre plus sûrement ?

· L'émotion littéraire est, à l'heure présente (1), d'autant plus intense, profonde, durable qu'elle est chargée de plus de douleur, contenue ou révélée, n'importe. Rien d'aussi attachant pour le criti-que que cette chasse à la douleur.

Que serait la résurrection du Christ et la fête de Pâques sans la souffrance du Calvaire et combien perdrait le chatoyant récit de Crusoë à ne pas emprunter son accent à toutes les douleurs du loyal de Foë ? Bonaventure dénombre les gouttes de fiel et de vinaigre que dut boire Jésus, ainsi M. Pilon dénombre les faillites et les incarcé-rations de Daniel de Foe. Et comme nous pénétrons dans la fami-liarité de Christ par la grâce de sa mère, ainsi c'est Mme Daubenton qui nous introduit auprès du froid Buffon à manchettes, M<sup>lle</sup> des Mellier auprès de Marceau ; et Suzanne de Foe n'est pas inutile pour nous bien dévoiler l'âme de son époux le maître-bonnetier.

Les pieux Franciscains transformaient en *mistères* certains ver-sets du Nouveau Testament, le frère Edmond Pilon dramatise les éléments que l'histoire ou la légende lui transmettent. Voici un frag-ment d'une lettre adressée par Daubenton au citoyen Sunot, à la date du 17 prairial de l'an III : « ...Clément fera mes compliments au citoyen Pion et le priera d'aller dans ma bibliothèque prendre le roman de *Cleveland*, le *Doyen de Killerine*, les *Mémoires d'un homme de qualité*, *Manon Lescaut*, les *Mémoires* de Madame de Staël et les tragédies de Racine-Clément enveloppera ces livres de papier et les mettra dans une boîte avec les assignats... »

Et voici ce que devient ce texte à la page 193 du livre de M. Pilon. Nous sommes au jardin du Roi, en 1780. « MM. Thouin « frères, les célèbres jardiniers, M. Van Spaëdonck, le dessinateur, « et M. Lucas, l'aide de M. Daubenton, étaient leurs voisins (des « Daubenton). Ces messieurs étaient souvent invités à venir passer « la soirée chez l'ancien collaborateur de Buffon. C'était dans une « pièce ornée des portraits majestueux de Guy de la Brosse et de « Crescent Fagon, d'une image enluminée du Grand Mogol et de « plusieurs espèces de cacatoès que le célèbre Commerson avait rap-« portés des îles de l'Océan Indien. Et là, tandis que ces messieurs « savouraient le café et le tabac des dernières colonies que le roi « n'avait pas perdues, M<sup>me</sup> Daubenton lisait à voix haute, dans quel-« qu'un des livres qui faisaient ses délices, une histoire d'amour.

---

(1) En sera-t-il longtemps ainsi ? Et serait-ce là une règle éternelle ? Ce n'est point l'instant d'en discourir. Si nous changions de fenêtre ? Et que la procession de l'Arioste nous apparût ? ou seulement certaines « illuminations » futuristes ? Restons où nous appela M. Edmond Pilon. Tout n'est dans rien. La leçon d'aujourd'hui, pour qui chérit Dostoïewski et Jules Laforgue vaut la peine d'être entendue ; et la pédagogie en est *tendre et pathétique*.

« Certain soir, c'était à Racine, que la belle liseuse bourguignonne
« prêtait sa voix chaude; un autre c'était à M^me de Staal-Delaunay;
« mais, le plus souvent, c'était à l'abbé Prévost. Le roman de *Cle-
« veland*, le *Doyen de Killerine* enthousiasmaient M^me Daubenton;
« mais celui de ces ouvrages qui semblait l'exalter par dessus les
autres était *Manon Lescaut*. Et, il fallait voir, au moment qu'elle
« lisait ce troublant récit, comme s'élevait et s'abaissait sa gorge
« sous l'étoffe de jasmin jonquille, comme battait son cœur, et comme
« l'écharpe d'azur, dont elle était enveloppée toujours, etc... »

Elle est bien franciscaine cette façon d'attribuer ces réactions
de grisette à la belle Marguerite Daubenton, d'assembler ces savants
naturalistes autour d'une table où fument le café et les cigarettes,
comme des calicots autour d'un mazagran. Franciscaine, cette façon
de ramener avant tout au type le plus ordinaire d'humanité ceux
que l'on veut honorer, de les montrer en déshabillé, puis en larmes,
d'exciter la compassion à leur endroit. Et comme les larmes de tous
les yeux se valent, voilà soudain par cette communion des pleurs mis
au même niveau le faible et le puissant, et quand celui-ci, cessant de
se tenir courbé et de ployer le genou, se redresse soudain, il emporte
à sa hauteur celui qui pleurait avec lui...

Ou pour parler technique : M. Pilon démonte le mécanisme psychologique de ses personnages en ses pièces élémentaires — telles que
tout homme possède les pareilles — et le remonte ensuite avec tant
de précision et de grâce que chacun s'intéresse à cette tâche et croit
secrètement qu'il la mènerait à bout lui-même aussi aisément.

Tous les héros de M. Pilon ne sont pas d'ailleurs de grands
hommes, et quelques-uns n'ont rien *réalisé* qui leur vaille ce titre. J'ai
connu autrefois un professeur de philosophie qui s'attachait à juger
la valeur intime de ses élèves, sans tenir compte de leur valeur de
*réalisation*. Que telle dissertation, tel exposé fussent par eux réussis
ou manqués, il n'y avait à attendre de lui ni éloge ni blâme. Ces
signes extérieurs de la richesse intellectuelle, bien variables à la
vérité, lui paraissaient toujours fallacieux (1).

Ainsi voudrait-on conserver la mémoire d'hommes qui — pareils
à ces saints ingénus des *Fioretti* — n'ont rien *réalisé*, et ont vécu
pourtant plus qu'une existence banale. Cet exquis pasteur renanien
que j'ai connu dans les Cévennes que restera-t-il de lui après sa
mort? Et de cette vieille lavandière espagnole, sage et brave comme
la sagesse, que demeurera-t-il?

Il serait bon qu'il en demeurât quelque chose, et il en demeurerait
peut-être quelque chose si M. Pilon les avait connus. Cette imagerie
critique franciscaine, ces portraits de sentiment sont pour moi d'une
infinie séduction. *Critique franciscaine* née du grand saint Bonaventure, répétons le mot. Il pourra peut-être servir avec quelque com-

---

(1) Que pourrait penser d'André Gide quelqu'un qui ne connaîtrait
de lui que les trois premières parties des *Caves du Vatican?* D'ailleurs,
attendons la fin !

modité, et à quoi prétendrait cette rubrique sinon à suggérer quelques attitudes cérébro-sentimentales et à proposer quelques formules?

Me voici bien à l'aise à présent pour dire à M. Pilon que, le titre excepté (il est délicieux), ces Portraits, aussi soigneusement et précautionneusement présentés que les précédents, me paraissent moins réussis. Aucun ne m'a fait oublier les portraits exquis des Muses créoles. M. Pilon me semble aussi un trop délicat pastelliste pour aborder les rudes figures d'un De Foe ou d'un Marceau. Et dans Bouffon à Montbard, je ne le comparerai pas au portrait de M<sup>me</sup> de Warens et de Jean-Jacques, où s'est complu Francis Jammes à la fin du *Deuil des Primevères*. Il faut la puissance et la sainteté d'un Bonaventure où l'éclair du génie poétique pour évoquer, vivantes et familières, d'aussi hautes figures.

Et je préviens encore M. Pilon. N'imagine-t-il point quelque critique qui, sans respect pour son humanisme adorable, écrivait méchamment : « M. Pilon a traité à la manière du concours général d'antan, un peu aussi à la manière d'*A la manière de...* de bien académiques sujets. » Et je prie le ciel que M. Pilon ne retrouve pas dans la *Revue Universitaire* ces thèmes de narrations françaises, communiqués par M. V. Glachant ou tel de ses collègues, à l'affût de canevas inédits : « Daniel de Foe entend dans une auberge un matelot raconter son naufrage et son abandon dans une île déserte. Il en conçoit l'idée de Robinson Crusoë... » « Vous imaginerez une soirée à Montbard chez le comte de Buffon. » « Au soir de la bataille du Mans, le général Marceau rencontre M<sup>lle</sup> des Melliers. Décrire la scène, faire parler les personnages. »

Mais Plutarque n'est-il pas également une carrière inépuisable de sujets scolaires. Franciscanisant, M. Pilon plutarquise aussi quelque peu. L'un ne va pas sans l'autre. On le démontrerait sans peine.

Et M. Suarès — voyez son Villon par exemple — n'a-t-il pas quelquefois l'air d'ahanner sur un devoir imposé par le Directeur de la nouvelle Revue française?

En critique, du reste, la réalisation n'est pas tout comme en art (1). La méthode importe bien davantage. Que M. Pilon se le dise, et aussi que toute médaille a son revers, tout bonheur sa rançon, toute manière ses poncifs...

B. CRÉMIEUX.

---

(1) Les *réalisations* manquées de Taine ou de Brunetière, leurs constructions sans fondements réels sont-elles moins intéressantes que si elles étaient réussies ou rendaient un compte exact du réel?

# PETITS MÉMOIRES DU TEMPS

## I

La comtesse Belin donna ordre à son mari d'acheter un exemplaire de son livre, *le Délice et la Solitude*, chez chacun des principaux libraires parisiens. Ainsi on créerait parmi les marchands l'illusion du succès et peut-être favoriserait-on la vente. Le comte, qui commençait de découvrir en sa femme, non seulement de la beauté et du talent, mais aussi le sens des affaires, l'admira fort d'avoir conçu ce stratagème où, quelques semaines plus tôt il n'aurait vu qu'une gaminerie. Ignorant des usages en matière de littérature, il ne savait pas que la mission à lui confiée, dix, vingt maris de femmes de lettres la remplissaient tous les jours. Il croyait innover. Il les imita consciencieusement, c'est-à-dire qu'il loua une automobile et se fit transporter de la place Victor Hugo à celle de la République, puis de celle de l'Observatoire à celle de Clichy, et, à chaque arrêt de la voiture, un nouveau paquet s'ajoutait aux paquets entassés déjà sur la banquette.

Dans la librairie qui est rue de Richelieu, devant la Bibliothèque nationale, un incident éclata : « Nous ne connaissons pas ça », répondit le commis à la phrase immuable du comte : « Donnez-moi donc le dernier ouvrage de la comtesse Belin, *le Délice et la Solitude*. On en parle beaucoup. Il paraît que c'est un gros succès. » Le comte sentit la colère l'envahir : « Vous ne connaissez pas ça, dites-vous? Mais alors, jeune homme, c'est votre métier que vous ne connaissez pas! » Et il sortit avec fracas. Il remontait dans l'automobile quand le commis le tira par la manche : « Monsieur, nous pourrons vous l'envoyer. » Le comte s'adoucit aussitôt. Il n'avait pas pensé à cette solution. Elle lui plut. Elle mettait de la variété dans la longue suite de ses achats. L'envoyer, oui, mais à qui? Car il ne pouvait dire son nom, ce qui eût révélé la supercherie. Alors l'homme d'esprit reparut en lui, il donna l'adresse de Francis Melléor, qui était un des anciens amants de sa femme, et il versa trois francs.

Francis Melléor reçut le volume et s'enfonça dans un abîme de rêverie. Il revécut l'année de sa liaison avec la comtesse. C'était à l'époque qu'il débutait, modeste chroniqueur mondain, à la *Gazette française*. La comtesse ne songeait pas encore à écrire. Avoir un salon littéraire était toute son ambition. On l'avait attiré, lui Melléor, à cause de sa rubrique. On l'avait invité à Dinard. Une nuit, la comtesse l'avait rejoint dans sa chambre. Cela avait duré dix, douze mois,.

il ne se rappelait plus exactement. Depuis lors, il était devenu quelqu'un, il avait fait paraître deux romans, il publiait toutes les semaines un conte dans, *Ce qui se passe*, il avait failli être décoré à la deénière promotion. Et voilà que la comtesse, à son tour, se lançait ! Drôle de chose, que la vie !

Il lut jusqu'au bout *le Délice et la Solitude*. Il en était attendri. Il ne pouvait douter que les vers les plus enflammés eussent été inspirés par le souvenir de ses caresses. Mais ce qui le touchait le plus, c'était l'envoi du livre si naïvement clandestin, et par quoi la comtesse trahissait cette coquetterie qui était le plus ciair de son génie, à coup sûr la moitié de son talent.

Melléor décida qu'à la prochaine répétition générale où il l'apercevrait, il irait à elle et la remercierait.

Il fit comme il se l'était promis. Il guetta le moment où, la porte de sa loge étant ouverte, elle s'y trouva seule. Elle avait l'habitude de recevoir ainsi les hommages des passants. Des admirateurs obscurs la saluaient du couloir. Elle savait à peine leurs noms. Elle souriait en inclinant la tête d'une manière espiègle. Melléor entra hardiment dans la loge et, lui baisant la main avant qu'elle l'eût reconnu : « Je vous remercie Régine, prononça-t-il d'un ton pénétré. » « De quoi? » fit-elle. Mais il la regarda si profondément qu'elle fut convaincue qu'il avait à lui être reconnaissant de quelque chose ou qu'elle avait commis à son égard une cruauté. Elle baissa les yeux pour cacher son indécision.

Elle réfléchit là-dessus pendant plusieurs jours.

A la fin, la curiosité l'emporta, et lorsqu'il se rencontrèrent de nouveau, elle lui demanda la raison du geste et du mot qu'il avait eus. Il la lui donna. Leur étonnement fut grand. « C'est un coup du comte ! » s'écria-t-elle. « Votre mari, dit-il, s'est moqué de vous. » — « Ou de vous ! » répliqua-t-elle en s'échappant. Et ils se détestèrent, huit ans après avoir cessé de s'aimer.

## II

Vers la fin du mois de juillet, M. Lucien de Beauvais reçut de la comtesse Belin une lettre datée de Paris. Il croyait la comtesse aux eaux, à Plombières. Or, elle le priait de l'attendre le soir même, à l'heure du spectacle, sous le péristyle de la Comédie-Française. Rendez-vous étrange auquel il courut, plein de trouble et de curiosité.

La comtesse descendit d'un fiacre. Ses traits étaient comme pétrifiés, sa main molle, sa voix sans timbre. Ils pénétrèrent dans le théâtre après un abord rapide et gardèrent à peu près le silence jusqu'au lever du rideau (on jouait le *Mariage de Figaro*). Mais dès que les comédiens eurent élevé la voix, la comtesse fit de même. Elle dit qu'elle était revenue de Plombières l'avant-veille, qu'elle s'ennuyait, qu'elle s'était rappelée le projet qu'il avait exposé devant elle de ne point quitter Paris avant le mois d'août, qu'elle avait imaginé le plaisir d'une soirée passée en camarades — elle insistait sur le mot camarades — dans Paris livré aux étrangers, et qu'elle n'avait pu résister à l'attrait de ce plaisir. N'était-ce pas une bonne idée qu'elle avait eue de lui écrire? Elle ajouta qu'elle n'avait compté qu'à demi sur lui, qu'elle savait téméraire de prendre un célibataire au dépourvu. Il répondit assez gauchement que pour elle il eût laissé ses occupations les plus chères. A l'entr'acte, leur gêne cessa. Il railla gaîment le tableau bigarré qu'offrait la salle. Elle renchérit sur ses moqueries. Mais au milieu du deuxième acte, elle proposa soudain de partir. Elle étouffait.

Ils suivirent à pied la rue de Rivoli, s'engagèrent dans les Champs-Elysées et atteignirent la rue Washington où il avait sa garçonnière. Sa maîtresse l'y attendait. Elle s'appelait Madeleine. Il l'avait tirée du ruisseau. Comme il regrettait à cette heure de ne l'y avoir point laissée! Il eût invité la comtesse à monter chez lui. Il eût possédé cette femme adorable...

— Nous voici dans votre quartier, dit-elle.

— Elle s'offre, songea-t-il.

Et il l'injuria par la pensée. En même temps l'idée lui vint d'un mensonge :

— Depuis quelques jours, je me suis installé à l'hôtel. C'est là qu'on est le mieux en cette saison. On y mène une vie plus large, plus facile, vraiment reposante.

Elle lui demanda :

— A quel hôtel êtes-vous?

— *Au Mars-Palace.*

— *Au Mars-Palace?* Quelle histoire extraordinaire! J'y suis aussi!

Le *Mars-Palace* était un nouvel hôtel ouvert depuis peu au Champ de Mars. Lucien l'avait nommé au hasard. Fâcheuse inspiration! L'embarras de la situation devenait inextricable. supprimait en lui toute audace et même tout désir. Il ne souhaitait plus que de se tirer d'affaire sans ridicule. Il ne manqua pas néanmoins de se récrier, avec une joie excessive et des sous-entendus galants, sur la grâce que les dieux lui avaient faite en conduisant la comtesse sous un toit choisi par lui. Elle lui tint tête d'un air enjoué, opposant à ses attaques de subtiles et glissantes feintes. Elle s'offrait, décidément. Ce que voyant, il perdait la tête. Tantôt il était sur le point de lui avouer la vérité, tantôt il était prêt à de nouveaux mensonges auxquels il renonçait à l'instant même à cause de leur inutilité .

— Je vais revenir seule à l'hôtel, dit-elle enfin. De cette façon, nous ne prêterons pas à la médisance.

Lucien s'inclina en poussant un soupir de soulagement.

Dès que la comtesse fut hors de vue, il gagna sa garçonnière. Son arrivée réveilla Madeleine. Il lui raconta qu'un ami l'attendait en bas, à qui il avait promis dix louis. Tandis qu'elle le croyait occupé à fouiller dans son secrétaire il changea de vêtement, remplit un sac de quelques objets de toilette, se glissa dans l'antichambre, dans l'escalier, dans la rue, et se rendit au *Mars-Palace.* On le logea au quatrième étage. Une femme de chambre qu'il soudoya lui apprit bientôt tout ce qu'il voulait savoir. La comtesse était sa voisine. Elle avait prévenu de ce qu'ayant à écrire elle sonnerait dans une heure pour qu'on mît ses lettres immédiatement à la poste. Il n'hésita pas. Il frappa. « Entrez », dit-elle, et il entra.

L'ayant toisé du regard, elle laissa tomber ces mots :

— C'est assez dix-huitième.

Ensuite, il ne se passa rien que Lucien n'eût espéré. Mais les lettres de la comtesse ne furent pas mises à la poste pour la raison qu'elles ne furent pas écrites.

*<br>* *

Le lendemain, dans la matinée, ils prirent ensemble le train pour Saint-Quentin. C'est une ville rude et noire, où les touristes ne s'arrêtent qu'en considération du musée et de la cathédrale. Le musée contient les pastels de la Tour. Une auto y transporta la comtesse et Lucien. Le jeune homme se demandait encore ce qu'il était venu faire dans ce pays dont il connaissait les rares curiosités.

Le musée n'est visible que le dimanche et le jeudi. On était un vendredi. Mais le concierge ne fit pas de difficultés pour accepter un pourboire.

— N'y a-t-il pas quelqu'un dans la salle des la Tour ? s'enquit la comtesse. Un copiste ?

Sur la réponse affirmative qui lui fut faite, elle pria Lucien de l'attendre dans la cour et gravit le perron précipitamment. Lucien demeura figé sur place. Cependant la stupeur n'abolit pas en lui tout jugement. Il lui devint évident qu'il avait servi dans cette affaire d'instrument à la comtesse. Elle l'avait amené jusqu'ici pour le mettre sous les yeux de quelque amant dont elle avait à se venger. C'était deviner juste. Trois minutes après, la comtesse reparaissait, les yeux enflammés, acompagnés d'un homme à longs cheveux, barbu, nu tête Mais Lucien de Beauval n'était plus là. Il était remonté dans l'auto et filait vers la gare. Alors, le peintre eut un sourire :

— Déjà ? fit-il, ce qui signifiait : « Il vous a plaqué déjà ! » et dont la comtesse saisit fort bien le sens.

— Lâche ! lança-t-elle.

S'étant évanouie, elle se ranima dans la loge du concierge.

Elle passa le reste de la journée à la fenêtre d'une chambre qu'elle loua sur la Grand'Place. Les cloches des tramways, celle du beffroi, le carillon de l'Hôtel de Ville entretenaient dans sa tête une musique dont s'imprégnait sa méditation. La vue du drapeau tricolore flottant sur la maison municipale et du monument élevé à la mémoire des événements de 1557, détourna peu à peu vers le patriotisme l'exaspération de ses sentiments. Elle jeta bientôt sur le papier les premières strophes d'un *Hymne aux nobles communes de Picardie*, et c'est ainsi que s'acheva le premier stade de son évolution littéraire. Désormais elle ne devait plus chanter l'amour qu'à de longs intervalles.

André Billy.

# LES ARTS PLASTIQUES

*L'avant-gardisme et la critique. — Arts décoratifs. — Claude Monet.
— Les expositions du mois, etc...*

On sait que la littérature des peintres s'est enrichie, en ces derniers temps, d'un certain nombre d'ouvrages dont j'espère bien avoir, un jour ou l'autre, le loisir de parler comme il convient. Mais peut-être n'a-t-on pas assez pris garde que c'était là un hommage rendu par les peintres à la puissance de la critique. L'organisation des salons de peinture, les conditions dans lesquelles s'achètent et se vendent les tableaux contraignent l'artiste à recourir à la publicité. Il est permis de le regretter mais pour ma part je trouve la chose toute naturelle, à condition que cette publicité soit loyale et de bonne foi, qu'elle ne soit pas fondée sur l'équivoque, le mensonge ou la mystification.

Le lancement du futurisme (section de peinture) était parfaitement réglé. Je l'ai dit déjà et je me plais à le redire les manifestes de M. Marinetti demeurent, quelques fautes de goût mises à part, des modèles du genre. Il ne manquait à ces messieurs qu'une chose pour réussir, c'est le talent. A part M. Severini qui est doué, assurément, aucun peintre de l'école futuriste italienne ne mériterait d'être signalé parmi les plus médiocres envois des Indépendants par exemple. Cela est fâcheux, mais cela est ainsi. Naguère et lorsqu'ils se présentaient au public français après avoir rendu hommage à leurs devanciers, l'indulgence pouvait être de mise, mais, lorsque les futuristes revendiquent une priorité quelconque, nous avons le droit de dire qu'ils se moquent de nous. Vis-à-vis de MM. Picasso, Delaunay, Le Fauconnier, Metzinger, Gleizes, Léger, etc..., les futuristes italiens sont apparus partout et toujours comme des imitateurs et des pasticheurs, pour ne pas dire plus.

Le discrédit qui commence à peser sur toute *peinture de groupe* a porté au futurisme le coup de mort, les autres écoles ne survivront plus que grâce au talent, au tempérament *personnel* de tel ou tel peintre. L'expression de futurisme a pris du reste un sens nettement péroratif, puisque M. Delaunay et M. Ottmann ont protesté vivement contre cette épithète accolée à leur nom par un de mes confrères. Ils ont eu raison et ils ont eu tort. Ils ont eu raison s'ils ont entendu marquer la différence qui sépare leurs ouvrages de ceux de MM. Boccioni et consorts. Ils ont eu tort s'ils ont prétendu interdire aux critiques le droit de signaler le caractère futuriste d'une composition ou d'un détail. De toute façon les peintres sont mal venus à se plaindre des critiques. Ils ont contribué pour la plus grande part et de toutes leurs forces à constituer et à répandre cet effroyable vocabulaire scientifico-esthétique, dont l'abus nous ferait regretter le temps où Diderot décrivait les tableaux figure par figure.

Du jour où les peintres ont fréquenté la Closerie des Lilas et quelques autres popines hautement littéraires ils ont eu peur de ne pas paraître assez cultivés.

La moindre initiative plastique, d'une audace souvent bien timide ne pouvait dès lors se justifier par les sources souveraines de la fantaisie et de l'imagination. Il fallut appeler à la rescousse la mathématique et la géométrie. Il devint de bon ton de parler familièrement de la géométrie de Lobachinsky ou des théories de Wirchow et de Montmartre à Montparnasse ce fut la danse éperdue des logomachies sur le fil de la quatrième dimension.

Il y a quelques années, lorsque j'eus l'occasion de défendre des peintres de l'école nouvelle contre certains de leurs thuriféraires d'aujourd'hui, je saluais en ces termes le renouveau de la peinture moderne « Ainsi naît (1) aux antipodes de l'impressionnisme (décadent), un art qui, peu soucieux de copier un épisode économique occasionnel, offre dans leur plénitude picturale, à l'intelligence du spectateur, les éléments essentiels d'une synthèse située dans la durée. Les parentés analytiques des objets et leurs subordinations mutuelles importent peu désormais, puisque supprimées dans la réalisation peinte. Elles interviennent par la suite, subjectivement, dans chaque réalisation pensée individuelle. »

Postérieurement, et suivant le dessein de faire saisir le caractère véritable de ce qu'on appela le cubisme : une rénovation des éléments plastiques, un rafraîchissement de l'imagination picturale, une restauration des plus nobles traditions — que nous voici loin des surenchères d'aujourd'hui, du tableau tombé au rang de panneau-réclame ! — j'alléguais l'exemple du Poussin :

« Ainsi (2) les *Bergers d'Arcadie* : Pour aboutir à l'arrangement définitif, les mouvements ont décrit d'innombrables orbes enchevêtrés; d'autres, arrêtés, semble-t-il dans leur trajectoire par une nécessité supérieure, ont à cet instant, subi une transposition miraculeuse. Tout ce qui était inachevé dans l'espace est désormais achevé dans le temps, et l'objet limité dans la dimension devient infini dans la durée. Mais les forces primitives, après avoir donné l'élan aux mouvements maintenant interrompus continuent à s'exercer, et la beauté *vivante* de l'œuvre est faite de la résistance même que leur oppose l'équilibre des volumes. Les canons de la peinture prennent l'apparence de la mort au moment précis où le dynamisme que j'ai tenté de décrire vient à cesser... »

Ces réflexions et quelques autres de la même veine, je les retrouvai quelques mois plus tard, à peine démarquées dans un article de M. Jacques Rivière, sur le Poussin, dans la revue l'*Art décoratif*.

(1) L'*Art Libre*, Novembre 1909.
(2) *Revue Indépendante*, Août 1911.

Le plaisant est qu'elles cautionnaient, *in cauda*, un éloge de M. Jules Flandrin, peintre à coup sûr digne d'estime mais que son œuvre nous montre fort éloigné de telles préoccupations. Depuis M. Jacques Rivière s'est fort avancé dans la connaissance du cubisme et de ses dérivés et je me réjouis d'avoir concouru, avec une discrétion dont je n'ai pas lieu de tirer vanité puisqu'elle n'était pas mon fait, à l'initiation d'un esthéticien de quelque notoriété.

Cette *invitation à l'audace intelligente*, il est plaisant de voir ce qu'elle est devenue. Plaisante et instructive serait à coup sûr une étude des manuels de cubisme composés par différents auteurs qui opportèrent naguère, à la littérature des peintres une contribution, hélas, tristement systématique.

Mais quel châtiment! L'avalanche de peinture cubiste, ou pour mieux dire cubistée, perpétrée à Berlin, à Munich, à Montparnasse, à la petite Pologne, et au Petit Chicago du Montparnasse risque de submerger ceux qui l'ont déchaînée étourdiment en systématisant une conquête de libre et aventureuse imagination.

L'exposition du pavillon de Marsan ne nous a rien apporté de neuf, mais on a pu dans tous les envois des anciens tenants du modern-style, constater l'influence indéniable des « ensembliers » . Il n'a peut-être manqué en leur temps à MM. Majorelle et Guimard que d'avoir du goût et de la fantaisie. J'ai eu l'occasion de voir récemment un mobilier de Majorelle, datant d'avant 1900. Cela ne manquait pas de style, d'un certain style. Aux ensembliers restera l'honneur et je le souhaite de tout cœur le profit, d'avoir réintégré dans l'art décoratif, la tradition, la couleur. N'oublions pas qu'avant *Sumurum* et les Ballets russes, Paris connaissait le Bal des Quatz'arts, dont l'importance est considérable au point de vue de l'histoire de l'art moderne. Les notateurs de notre renaissance contemporaine ne devront point l'oublier. Ainsi donc, au Pavillon· de Marsan, MM. Mare, Groult, Louis Sue remportèrent un facile triomphe et M. Marinot montra des verreries nouvelles d'une invention élégante et diverse.

Les œuvres nouvelles de M. Claude Monet ont suscité, semble-t-il, moins de curiosité que naguère, et moins d'enhousiasme, à coup sûr. Heureusement pour les marchands, la peinture de cet artiste échappe, pour un temps, aux réactions de la mode. Une toile aperçue à une devanture de boutique, un paysage vert et bleu avec des reliefs à la Sisley, m'a restitué, au sortir de cette exposition décevante, la belle époque de l'art de M. Claude Monet, dont on peut, dès à présent, situer l'apogée aux alentours de 1880.

M. J.-E. Laboureur (à la Galerie Groult) est un graveur sur bois ingénieux, un aquafortiste curieux et subtil. Peintre il compose des tableaux toujours amusants, voire instructifs, dont le coloris et le dessin rendent souvent de discrets hommages à l'art délicat de M<sup>lle</sup> Marie Laurencin. *Le café du Commerce, le Jockey d'Epsom, le Bar en Pensylvanie* et surtout les *Camélias blancs,* d'une veine trè· personnelle et d'une invention singulière, m'ont particulièrement séduit. Dans le même lieu et dans le même temps on a pu admirer un splendide ensemble de reliures de M. André Mare. Cet artiste a tous les dons, la richesse, la mesure, la variété. Il se renouvelle avec une aisance surprenante. Que les organisateurs d'une exposition d'art décoratif (à la Galerie Manzi) aient cru pouvoir l'ignorer, voilà qui aurait de quoi surprendre si l'on ne s'expliquait fort bien que de tels voisinages sont redoutables, et redoutés.

ROGER ALLARD.

*Memento.* — M. Fernand Maillaud et M<sup>me</sup> Maillaud (aux Galeries Georges Petit). — Exposition J.-M. Michel Cazin : Flandre et Picardie (aux Galeries Georges Petit). — Peintures de M. Edouard Archinard (Bernheim jeune et Cie). — *La Société nouvelle :* MM. Charles Cottet, Desbois, Georges Griveau avec de très agréables paysages, Henri Martin, E.-René Ménard, M<sup>lle</sup> Jane Poupelet, MM. R.-X. Prinet avec une plage et une vue de Tolède d'une rare finesse de tons, Lucien Simon et Auguste Rodin. — Exposition d'œuvres de M<sup>me</sup> Isabel Beaubon de Montoriol, MM. Charreton, Dav·d, O.-D.-V. Guillonnet, Landowski, Laparra, P. Renaudot (Galerie Montaigne), etc...

Je remets au mois prochain le soin et le plaisir de rendre compte de la belle exposition de M. Dufy, et de celle fort distinguée de M. Pierre Laprade.

*De Stendhal au Néo-Impressionnisme.*

M. Paul Signac est l'auteur d'un ouvrage justement estimé, plein de vues originales et d'aperçus ingénieux : *De Delacroix au néo-impressionnisme.* Voici qu'il apporte au *beylisme* une contribution aussi utile qu'imprévue. Son aide-mémoire : Stendhal-Beyle est l'indispensable Bædeker de quiconque entreprend de voyager à travers l'œuvre de Stendhal. Il se présente sous forme de tableau synoptique — M. Signac nous saura gré de ne pas dire « simultané » — divisé en trois compartiments : *visse, scrisse, amo.* Et cela ressemble assez à certaines chronologies jadis en usage dans les collèges. M. Signac a fait tirer cet aide-mémoire, à l'usage de quelques amis, sur divers papier pour le dessin ou l'aquarelle, à l'imprimerie de la Porte de France, à Antibes, où le yacht *Sindbad* mire sa voilure dans un véritable outremer.

# CHRONIQUE DRAMATIQUE

*L'ÉCHANGE*, pièce en 3 actes, de M. PAUL CLAUDEL. (Théâtre du
Vieux-Colombier.)

Claudel a son public fanatisé d'avance ; il fait bon voir cela si
près de Paris, de l'autre côté du pont! Je venais pour aimer Claudel
que j'ai peu suivi.

Et tout d'abord cet art me fut insupportable.

Laine, le bohème de la pièce me rapportait sur le ton prophéti-
que les lieux communs de tous les temps. Les rôles me parurent arbi-
traires plutôt que schématiques. Le verbalisme de l'actrice, personnage de comédienne, était terrible. La Bible s'y mêlait : Avec Marthe
la figure sacrée, Jérémie Isaïe, tout y passait. Devant la tirade explo-
s've que rien n'a provoqué, par laquelle se préesnte la comédienne,
je crus voir le Victor Hugo du symbolisme. J'étais navrée. Ce débor-
dement de paroles dans un art que j'avais cru intérieur et sévère, m'at-
terrait littéralement.

Puis, je me fis à cette barbarie voulue. Je recevais peu à peu ces
images comme on regarde Matisse et Van Dongen, et vite je trouvai
cela diablement mieux. C'est une optique à faire.

Excès de civilisation qui nous pousse à confronter, à mêler tous
les accents dans une saine et libre horreur du goût. Une sauvagerie
même réelle par instants, se montre à son tour dans ce déballé sub-
conscient de tous les arts de tous les temps. Et voici la férocité élé-
mentaire des femelles au fond des bois chez la simulatrice qui hait
d'une haine de peau l'épouse loyale et lui jette un venin désespéré ;
masque réellement tragique si l'on restreint par la pensée ce déluge
d'invectives gratuites.

Louis Laine vit vaguement, livré à ses caprices vagabonds, type
d'humanité larvaire. Incapable d'aucun travail, il suit comme font
les enfants (et les crétins de Bicêtre), ce qui brille et parle fort. Sa
femme, Marthe, qu'il a prise en Europe, est sûre autant qu'il est
fugace et incertain.

Ils sont au service d'un couple étrange : L'homme Thomas Pollock, riche marchand, en veut aux yeux de Marthe. Sa maîtresse
actrice, enchante et prend Laine par son désir de faire sensation, tandis que ce bohème populaire croit voir là de la fantaisie.

Laine est pauvre et puisque, dit Pollock, tout s'achète, il offre
à Laine un peu d'or pour avoir sa femme. Enfantin, honteux, mais
avide, Laine conclut le troc en empochant la somme. L'Echange est

accompli. C'est l'acte qui ne m'avait pas conquise. Le Pollock caricatural avait trop dit que tout se vend, je ne le croyais plus. L'actrice avait si gratuitement piaffé, crâné, injurié la salle, la charge était si haute en couleurs, je n'avais qu'un désir : me reculer de cet art brutal. Le décor à l'allemande et le succès à l'avenant achevaient de me retirer. Etais-je bien en France ? Les étudiantes russes, celles, ceux qu'on ne voyait plus depuis dix ans, étaient là. Ils applaudissaient en tonnerre et complétaient le cauchemar. Il n'y a plus de snobs qu'ici, pensais-je. Résignons-nous à voir ces intellectuels tré, igner d'extase à chaque scène, sans choix.

Mais à l'acte II tout change : Le ton se fait pressant. Les cœurs se traquent, se harcèlent pour en tirer l'essentiel aveu. L'attention est requise sans être surmenée comme à l'acte I. Marthe et Laine sont en présence. Elle veut le rappeler à elle, mais le sent qui glisse et se tend vers l'ennemie, la Léchy Elbernon, principe de fraude et de désertion.

Doucement, Laine essaie de prouver à Marthe que leur mariage est une erreur et ce qui est sous-entendu est ce *leit-motiv* navrant : Je n'aurais pas dû t'épouser, car l'homme ne veut pas grandir ni avancer en lui. Il veut la fugue, il veut fuir de partout, et ensuite il demande la paix qu'il n'a pas méritée. « Tu vois en moi, dit-il, tu es une lampe allumée, et j'ai envie de me cacher, de fuir... »

Force obscure et désordonnée de la nature qui ne veut ni se grouper, ni se concentrer, ni se reposer en sa femme.

Comme il semble s'excuser d'un désir : « Ce n'est pas le corps qui est le coupable, dit Marthe, accuse l'*esprit immonde* », mot simplement admirable. Et quand elle dit : Pourtant je suis ta femme ! « Il n'y a pas une femme, il y a toutes les femmes », dit-il en rêve. — Mais je t'aime, dit Marthe. — « La femme seule aime, l'homme n'aime pas, répond Laine. Il n'a pas besoin de la femme pour ses projets. L'homme n'aime pas la femme. »

Il jette ce cri comme on fait retomber la pierre du sépulcre sur le seul espoir humain qui soit pur. Il dit cela comme on tue et c'est du plus noble théâtre, dont l'acteur Dullin s'est montré tout à fait digne.

Notons encore cette forte expression donnée par Laine de la femme pure : « On ne peut mentir devant toi ; on a besoin de te confier tout ». Elle n'a pas d'obstacle en, elle, alors la lumière des autres est attirée par elle, se baigne dans le lac sans fond qu'elle est. Divination lyrique, seule capable d'une expression si exacte.

L'actrice, violente, acerbe, paraît ; elle invective Marthe, et c'est tout à fait beau que celle qui offense soit la plus enragée. (Excellente psychologie). La gueuse apprend à Marthe que Laine a passé la nuit avec elle. *Avinée* par le crime, elle va d'injure en injure jusqu'à faire dire au mari devant Marthe que sa femme lui pèse, qu'elle est laide, lasse, que Léchy seule est belle, etc. Marthe vaincue s'en va, toute féminité égorgée, en elle ne respirant plus que douceur. Elle n'a que des mots d'amour qui sont le dernier soupir de sa pitié pour uneaction si noire, car le lamento de la plus sainte fureur sera dès l'acte suivant sangloté par elle devant la mer.

Mais la sortie douce de Kalff, à cette fin de scène, est d'une inégalable pureté.

Et voilà le bel acte, où la bonté vaincue et piétinée pèse pourtant de tout son poids ; où elle prend sa force pour devenir au dénouement le seul abri de Laine, la voix qui le rassemble et lui fait prendre conscience.

A partir de l'instant où Laine, ayant laissé partir sa femme, se croit trahi par elle avec Thomas Pollock, il est repris par sa manie de fuir. Menacé par Léchy s'il lui échappe, il s'élance pourtant vers l'oubli non sans avoir cherché à revoir Marthe pour la quitter en paix.

A voir la compagne loyale survivre à tous en influence, j'ai senti une fois de plus que la femme pure est seule assez forte pour figurer l'Eternel Féminin. Ainsi les œuvres fortes nous rapprochent de nous.

Laine part et tombe en s'enfuyant, immolé par la gueuse.

Au troisième acte, Pollock, changé, calmé, dirait-on, par son amour évolué, vient s'asseoir près de Marthe. On apporte le mort. Marthe lui pose la tête sur ses genoux, tandis que l'actrice saoûle d'horreur s'effondre en vomissant sa haine et l'aridité de son sort.

Pollock et Marthe, les deux êtres fixes et sûrs, ont seuls survécu, ainsi que le veut la nature.

« Croyez-vous, dit Marthe à Pollock, qu'il n'y a pas d'autre sort que des vies ainsi gaspillées ?»

Pas un instant l'intérêt n'a faibli. La valeur dramatique est donc certaine. Des lueurs sont parties de ces trois actes, lueurs assez nouvelles encore pour que nous soyons enchantés de penser qu'elles furent notées en 1893 par un garçon de vingt-cinq ans. Il est probable que cette pièce vaut au moins les œuvres récentes de Claudel, car cette intuition religieuse du cœur vient très tôt ou jamais. Comme ceux qui interrogent ce secret, le réel, Claudel n'avancera jamais. Il aura cette majesté de ne pas se perfectionner. Débordant d'un lyrisme quelquefois arbitraire, il subira les défauts de ses qualités sans chercher à se modifier, car son attention est ailleurs. Il a reçu le don par excellence, celui de l'Etude éternelle.

AUREL.

# THÉATRE ÉDITÉ

## M. MAURICE DE FARAMOND

La littérature dramatique offre l'aspect le plus réjouissant : M. Sylvain traduit infatigablement les antiques *à la manière de* Bouvard et Pécuchet, et M. Alfred Poizat diffame l'ombre de Racine en l'associant à ses obscurs travaux. Cent soirs durant, devant les fauteuils béants comme l'ennui, et les familles interloquées, le jeune Raymond Bernard s'employait jadis à consolider, à restaurer pour mieux dire, les vestiges sacrés de la grande tragédienne, car il est dit que les flexueux roseaux balanceront toujours leur tête fleurie et disperseront leur haleine printanière aux bises attardées de l'hiver tenace. Eternellement les jeunes espoirs se complairont dans la grâce des ruines, le talent qui s'éveille hantera celui qui s'évanouit, la pomme rose et la poire blette éliront domicile dans le même panier.

La même disproportion, la même absence d'équilibre et de pudeur persiste dans toutes les pièces et sur toutes les scènes. De quelque côté qu'on jette les regards, l'horizon apparaît trouble, le ciel pesant, les individus raidis, confits ou repliés. Jules Claretie n'a pas été suivi dans la tombe par les auteurs qu'il tua sous lui. Il goûtait à la Comédie Française, par anticipation, une paix inaltérable et glacée. Néant pour néant, tant valait celui-là qu'un autre. Outre qu'il se souvenait d'y avoir ressenti ses premières douleurs rhumatismales, il ensevelissait successivement Maurice Donnay qu'on appelle le Molière d'aujourd'hui, sans doute pour le distinguer de l'autre qu'il est loin d'avoir fait oublier, M. de Porto Riche, qu'on voudrait savoir riche d'autant de caractère que de nom, M. Jean Aicard, une cigale au talent économique.

La Comédie-Française garde jalousement ses airs de caverne. La voix du grand tragédien y résonne encore, revendiquant sans doute, avec des hurlements épouvantables où ceux du souffleur ont peine à percer, la sollicitude des commissions affectées à l'entretien et au classement des monuments historiques. Marie Leconte y incarne Chérubin sous la protection de vastes travestis, avec des seins épris d'aventure et de liberté, toutes vertus préjudiciables à l'illusion scénique, et des avantages postérieurs qui finissent par devenir, à la longue, des inconvénients sérieux, à l'instant où ils se donnent pleine carrière.

On demande à la Comédie-Française de nous révéler des talents, elle ne nous montre que des succès. Et c'est là, pourtant, que de notoires écrivains de théâtre, sans doute attirés par le nom de Molière, sollicitent leur consécration définitive. C'est à la Comédie-Française, dernier refuge de l'ignorance et de la tradition, que M. de Faramond s'en remet du soin de défendre son œuvre devant la postérité.

J'ai vu pour la première fois M. de Faramond à un mardi de Rachilde. Notre seconde rencontre date de ce banquet des *Marges* où Tristan Bernard, désemparé comme une futaille vide et privée de cale, je veux dire de l'admiration préconçue qui l'entouré d'ordinaire, cherchait dans sa barbe les feuillets d'un discours ténébreux. J'observai le visage de M. de Faramond. Il souriait, et jugeait préférable d'absorber silencieusement la glace qui était servie, que de partager celle de ses auditeurs, attentifs quand même aux élucubrations séniles glissant avec une majesté torrentielle le long de cette barbe impénétrable.

A la suite de ce Graal, où M. Tristan Bernard invoqua sans mesure les esprits réfractaires, les hasards de la dislocation nous mirent de nouveau en présence, M. de Faramond et moi. Mon interlocuteur respirait une sorte d'ivresse paisible, qu'il partage avec ces financiers originaux dont la fortune éclaire, d'un jour curieux, leur lucidité pénétrante et leur irritante fantaisie. Il est difficile de rester insensible devant une œuvre, si son auteur, au premier examen, nous laisse rien moins qu'indifférent. Il ne me déplaît pas, en effet, de discerner en M. de Faramond l'extrême ramification d'une généalogie confuse, épanouissant les suprêmes vertus d'une race à travers les variétés multiples de son génie. J'ignore quelle ligne d'ancêtres il ponctue, mais jamais noblesse ne fut portée avec plus de raffinement intellectuel et de délicate raillerie. L'esprit qu'il laisse courir ou s'échapper sur le fonds solide de sa production, déjà importante, donne l'impression d'un parfum léger sur la trame savante d'une étoffe rude; il enveloppe à merveille les reliefs de quelques figures dont je veux retenir les plus achevées : le paysan et la courtisane que font vivre respectivement *La Noblesse de la Terre* et *La Dame qui n'est plus aux Camélias*.

*La Noblesse de la Terre* s'ordonne sur le modèle de la grande tragédie rustique. Le poème sort tout vif des entrailles du sillon, exprimant l'attachement du paysan au sol, à travers sa volonté dominatrice, son orgueil, ses passions et ses vices. Tout cela est saillant, épineux, avec un goût et des senteurs de résine chaude et de sève jaillissante. L'enchaînement des scènes, leur éclat, les clartés dont elles sont baignées à leur sommet, indiquent une perception dramatique très aigüe. Le dernier acte, en particulier, est d'une grandeur qui fait tableau, et la qualité de l'émotion qu'il soulève enorgueillit à juste titre le théâtre contemporain. Les divers aspects du poème ne retiennent pas moins. C'est l'esprit du sillon, un langage savoureux, rude, avec l'élan de l'imprécation et la splendeur du cantique.

*La Dame qui n'est plus aux Camélias* est un portrait cruel et réfléchi de la courtisane moderne. Sans que la satire en soit trop vivement poussée, elle indique avec un rare bonheur dans quelle vie artificielle éclosent aujourd'hui les ferments éternellement roman-tiques de l'amour. Cela germe à ravir dans une atmosphère de serre, insensiblement, avec une force égale et une sûreté de métier qui étonne si l'on songe que M. de Faramond est issu de la génération même qui a réchauffé Paul Claudel. C'est une détente naturelle, un épanchement progressif qui trahissent chez l'auteur, mettons la jouis-sance totale du sujet qu'il traite.

J'ai été attiré d'une façon moins impérieuse par *Diane de Poi-tiers* que vient d'éditer Figuière. Sans doute était-ce de ce dernier ouvrage qu'il s'agissait ici, mais la critique, n'est-ce pas, répond davantage aux sollicitations du goût qu'à l'intérêt de l'actualité.

Paul Lombard.

# LA MUSIQUE

Quand l'exécution d'une œuvre hérissée de difficultés demande des chœurs, un quatuor de solistes et un orchestre : quand cette œuvre s'appelle la *Messe en ré* de Beethoven, l'on ne saurait trop féliciter une association de nous la faire entendre. C'est ce que vient de faire la Schola Cantorum dans ses séances du 13 au 18 mars.

« Malgré ses innombrables et sublimes beautés, égales, supérieures, si l'on veut, à toutes les autres beautés de Beethoven, la *Messe en ré* n'a peut-être pas la perfection de telle ou telle symphonie : la *Pastorale*, l'*Héroïque*, la *Symphonie en ut mineur ;* on trouve dans cette œuvre des abus de forces, des longueurs, des obscurités d'intentions, des duretés vocales, enfin deux fugues colossales, je le veux bien, mais écrasantes, dont la forme scolastique jure singulièrement avec la liberté du reste de l'œuvre. L'une termine le *Gloria*, l'autre le *Credo*. Ces fugues sont· construites avec un art et une science très accomplis, mais ces hurlements successifs ou simultanés, ces vocalises vociférées, ce fracas mathématique, tout cela m'étourdit, m'anéantit et ne me touche pas. »

Que ces taches de la *Missa Solemnis* ne nous en cachent pourtant point la splendeur. Le *Kyrie* et le *Gloria* sont profondément émouvants : mais la clé de voûte du gigantesque édifice est le *Credo ;* nous voici au cœur de ce grandiose sujet, la messe catholique. Le *Credo* commence par une affirmation si fière, qu'on ne saurait discuter une croyance ainsi proclamée. Presque aussitôt se succèdent deux sublimes épisodes, les deux sommets de ce poème et de ce drame qui fut la destinée de Jésus et les deux pôles de la foi : l'Incarnation et la Rédemption, la Naissance et la Mort de Dieu. Jamais peut-être Beethoven lui-même ne s'est élevé plus haut : jamais il n'a rien écrit de plus admirable. Qui ne donnerait pour une seule de ces pages toutes les fugues d'hier et celles de demain. Le voilà le génie, dans ce verbe nouveau qui brûle ici les lèvres du plus grand entre tous les hommes qui aient jamais chanté.

*L'Agnus Dei* est une des merveilles de la messe. Ici Beethoven a développé avec largeur l'idée, le sentiment plutôt, du mot *miserere*. Des pages entières appartiennent à ce grand mot douloureux : bassons et cors esquissent une lugubre ritournelle ; puis la voix de la basse exhale la première une plainte désolée ; le contralto la reprend, puis le ténor, chacun dans une tonalité différente ; le chant de la femme est le plus déchirant, le plus éperdu. L'orchestre l'enveloppe de grands remous sonores et la foule supplie tout bas, courbant la tête sous les appels désespérés du soprano. Et cette immense douleur demeure toujours noble et fière, sans colère ni haine.

Comme cet homme a souffert ! comme il a compris la souffrance de l'humanité ! comme il s'en est chargé pour la porter à Dieu ! La *Missa solemnis* est une œuvre de douleur et de pitié plus encore qu'une œuvre de foi. Toutes les parties sont autant de cris de misère, autant d'appels à la miséricorde. C'est surtout par cette grande idée de la souffrance, idée fondamentale du christianisme, que la messe est profondément religieuse.

On connaît les exécutions de la Schola; les moyens sont médiocres. M. d'Indy les anime d'un esprit admirable. Une intuition qui s'appuie sur une science profonde, mais qui a sa source dans la plus fervente sensibilité, lui donne un pouvoir extraordinaire de résurrection. Je ne sais pour quelle raison l'orgue fit défaut ; la profondeur et la gravité de l'œuvre en souffrirent, les quatre contrebasses n'étant pas suffisantes à solidifier les chœurs et l'orchestre : la sonorité de l'orgue aurait donné une majesté que les instruments furent inaptes à produire.

M. Gebelin excepté, les trois autres solistes furent d'une banalité navrante : aucun style, si ce n'est celui des chanteurs de rues, sons traînés, étalés, portés, en un mot, tout ce qui dénote une absence complète de l'art du chant. Ont-ils jamais entendu chanter Renaud ? Il ne suffit pas d'avoir une belle voix au timbre agréable et sympathique : il faut aussi chanter « proprement », avec style, et, en étudiant ses récits, méditer les paroles, en chercher l'expression vraie : et pourtant ces qualités réunies, dont l'ensemble est indispensable pour donner la mesure juste, sont insuffisantes et lettre morte, si elles ne sont animées, illuminées par l'âme de l'artiste, par ce foyer chaleureux qui transmet aux auditeurs l'étincelle électrique qui fait que ceux-ci s'unissent de cœur aux sentiments, aux émotions, aux élans inspirés de l'interprète possédant le génie de son art.

Et dans la salle, quelle attrayante étude de psychologie ! tandis ques les uns étouffaient des bâillements impérieux, d'autres s'appliquaient à écouter par une tension de volonté où il entrait tour à tour une sorte de pudeur, le sentiment de la tenue dans une ambiance artistique, un petit combat entre la distraction et le désir de comprendre, alternant avec l'énervement de ne pouvoir saisir la grandeur de l'œuvre. Il ne faut d'ailleurs point se dissimuler que dans n'importe quel milieu, les masses proprement dites, sont inaptes à pénétrer le fond des beautés artistiques : elles n'en saisissent qu'une partie, généralement la surface : et cela suffit à créer une atmosphère d'enthousiasme communicatif : un abîme séparera toujours l'initié, l'artiste, de la foule, même la plus « intellectuelle ».

## Notules

Le quintette au style franc et large de Jean Huré fut exécuté à la Salle Villiers, ainsi que la Sonatine de Ravel, par Schmitz.

Bach, Josquin des Prés, Marc-Antoine Charpentier, grands maîtres aristocratiques de la musique religieuse, furent célébrés par les « Amis des Cathédrales », sous la conduite d'un chef savant et énergique, M. Letocart.

M<sup>lles</sup> Chaigneau ont beaucoup de talent ; elles en ont moins dans le choix de leurs morceaux. Le trio de Brahms que j'entendis est monotone et soporifique ; malgré toute l'attention avec laquelle j'ai écouté, malgré mon vif désir de comprendre et d'être ému, je n'ai vu dans cette œuvre que l'épanchement imperturbable et glacial d'une rhétorique vaine autant qu'avertie.

M<sup>lle</sup> Guller se fait pardonner son type sémite par une virtuosité incontestable et je lui sais gré non seulement de son mécanisme et de ses doigts, mais de son jeu exempt de mièvrerie.

M. Raymond Marthe a des qualités de virtuose, une justesse d'expression, une variété de style, une vigueur, une souplesse d'archet qui font de lui un artiste incomparable. M. Ch. René qui l'accompagnait possède deux poignets solides ainsi qu'un jarret de cycliste : le désir de « cabotiner » lui fit jouer avec violence une partie de piano extrêmement délicate, qui aurait dû se fondre avec celle du violoncelle. Notre plaisir fut gâté par cet homme barbu dont l'insolence fut telle qu'il prit pour lui les applaudissements que méritait seul M. Marthe.

*Par intérim :*

H. de Maublanc.

# QUESTIONS D'HISTOIRE

# ET DE PHILOSOPHIE

## OLIVIER CROMWELL

Nous devons à M. Edmond Barthélemy la traduction de l'Olivier Cromwell de Carlyle (1).

De l'ouvrage de l'historien anglais, on connaît la facture : quelques rares et assez brefs commentaires, noyés dans un flot de lettres et de discours. Il faut l'avouer : cette méthode est quelque peu boîteuse. Elle ne s'appuie que sur des documents unilatéraux. Or, l'histoire doit puiser à toutes les sources. C'est du rapprochement, de la confrontation des textes, qu'on peut espérer voir jaillir quelque vérité. Sans doute, Carlyle, en procédant ainsi, n'a pas prétendu faire l'histoire de Cromwell. Mais alors il ne faut pas chercher dans cet ouvrage ce qu'on n'y saurait trouver.

Les lettres et discours d'Olivier Cromwell sont d'un homme doux, conciliant, d'une austérité farouche. La Providence, il l'invoque à tout instant. C'est à elle qu'il attribue tous ses succès. Lui propose-t-on la frappe d'une médaille commémorative de ses victoires, lui offre-t-on la Chancellerie de l'Université d'Oxford, il expose son refus dans des lettres qui font état de son indignité. Le ton inspiré de ses paroles lui ramène parfois des adversaires, témoin cette lady écossaise, royaliste convaincue, dont il est un jour l'hôte, et qu'il convertit entièrement à sa cause.

Envisageons maintenant ses actes. Il n'y a pas toujours concordance. En avril 1653, c'est la dissolution par la force du Parlement Croupion. Et la scène fut d'une belle violence. Il en est ainsi de nombre d'autres mesures autoritaires édictées en dehors des lois. De cette contradiction entre les paroles et les gestes, on peut conclure de suite à la complexité du personnage ; certains ont même dit à son hypocrisie.

Cromwell fut à lui seul toute la Révolution anglaise. Les bouleversements politiques, le plus souvent, sont l'œuvre des factions et

(1) Thomas Carlyle. — Traduit de l'anglais par Edmond Barthélemy. — Paris. Mercure de France.

des partis; et cette origine amène parfois leur échec, ou prépare au contraire, par l'excès du mal, l'avènement d'un continuateur de génie, qui s'approprie l'effort accompli, et tire du chaos tout un régime d'ordre et de conservation sociale. On ne voit rien de semblable en Angleterre, de 1648 à 1659. Le pays étant alors très pauvre en hommes, Cromwell ne rencontra sur sa route aucun adversaire de sa taille. Mais aussi, il ne fut guère secondé. Sur la scène politique, il apparaît toujours seul. Un caractère bien trempé, doublé d'une intelligence féconde, trouve en ce cas son compte. Mais dans un tel système, qui ne repose que sur un homme, quand la fissure s'introduit, alors tout risque de s'effondrer à la fois.

On a souvent fait le parallèle entre la Révolution anglaise et notre Révolution française. C'est un thème qui se prête à de beaux et copieux développements. La première surgit du Parlement ; elle fut avant tout politique ; et, malgré cela, elle ne fut pas dirigée contre un régime, mais contre un homme, dans l'espèce, un roi hautain, qui avait froissé sans vergogne le sentiment national de ses sujets. Mais lorsque la tête de Charles I<sup>er</sup> tomba sur l'échafaud de Whitehall, il semblait que la révolte dut prendre fin. Après la décisive bataille de Worcester, en effet, on agita cette question : établirait-on la République, ou reviendrait-on à la monarchie ? En tout cas, le pays n'éprouva pas de secousses. Les violences furent rares. Et quand plus tard Cromwell ouvrit en grande pompe le premier Parlement de son Protectorat, on ne voit rien d'original à travers toute la phraséologie puritaine de son discours. Son programme politique n'est ni un manifeste, ni même une orientation nouvelle. Par sa platitude, il rappelle la vague déclaration d'un nouveau ministre, appelé au pouvoir par les hasards de la politique.

Quel contraste entre cette Révolution et la nôtre ? Chez nous, la tempête n'est pas de surface. La vague remonte des abîmes populaires, des plus grandes profondeurs nationales. Elle déferle à la façon d'un cyclone. Tout l'ancien régime est emporté. Quel que soit le sentiment qu'on professe pour elle, il faut reconnaître sa grande allure, le généreux enthousiasme de ses acteurs. En Europe, elle est et restera probablement sans égales. Elle fut d'une envergure telle qu'aucun homme, à lui seul, n'eut pu la diriger. Quand Bonaparte arriva, elle était accomplie.

Cromwell fut-il grand général ? On le voit à l'œuvre dans la campagne d'Ecosse. Mais que ses adversaires semblent piteux ! Vraiment, à l'exception de Worcester, ses triomphes sont trop faciles. Et encore sont-ils rares. Dans cette guerre, en effet, les lettres entre chefs jouent un aussi grand rôle que les faits d'armes. La reddition d'Edimbourg par Dunbar se fit par correspondance. On manie davantage la plume que l'épée ; on cherche à convaincre plus qu'à combattre. Comment dès lors juger des capacités stratégiques du général en chef ?

Les faits nous permettent de porter sur Cromwell, homme d'Etat, un jugement plus fondé, et disons-le de suite, plus favorable. Dans ses rapports avec le Parlement, le Protecteur fut autoritaire à souhait, c'est-à-dire quand il le fallut, et avec une certaine élégance. Il n'oubliait pas la leçon de Charles I<sup>er</sup>. Venant après un souverain détesté, il sut prendre des ménagements, même envers les royalistes. Peu d'échafauds et de bannissements. En somme il gouverna avec tact, et comprit à la fois ses contemporains et son milieu.

A l'extérieur, son puritanisme domina sa politique, — et cela certes fut moins heureux. Il voulait mettre l'Angleterre à la tête d'une ligue protestante contre les nations catholiques. L'Espagne en particulier fut son cauchemar. C'est contre elle qu'il ébaucha les plans les plus minutieux. Il l'attaqua partout, en Europe, aux Antilles, aux Indes occidentales. Elle fut pour lui le royaume de l'Antechrist, le foyer détesté du papisme. Une politique si peu réaliste ne tente guère généralement la fortune. En tout cas, elle perd beaucoup au contact de celle de Mazarin, singulièrement plus souple et plus pratique !

Que fut l'orateur chez Cromwell ? Ses discours parlementaires sont avant tout des prêches puritains. Aucun argument ne vaut pour lui un texte de Bible, qu'il commente longuement, et approprie aux circonstances. Il parlera ainsi aux députés. *Vous êtes dans la vraie voie en me suivant, puisque Dieu, en m'accordant le succès, est avec moi ouvertement.* Ailleurs, il affirmera sous une autre forme une idée presque identique : *Les monarques se disent seuls propres, de par leur naissance, à régir les royaumes. Il leur faudrait prouver que Dieu est avec eux. Or Dieu n'est qu'avec ceux qui réussissent.* De même, il s'étendra longuement sur ce fait, que *n'ayant pas recherché le pouvoir, mais l'ayant obtenu de Dieu et des hommes, il entend que ce pouvoir lui soit reconnu.* Enfin, pour lui, *Dieu se servait de l'Angleterre contre les papistes, comme jadis d'Israël contre les Amalécites.*

Voilà les arguments qu'il préfère. Chez lui, pas de ces envolées oratoires, dont sont si friands les hommes publics, et qui enthousiasment une foule déjà conquise, ou la conquièrent, lorsqu'elle n'est pas pour eux. Sans doute, la Bible peut inspirer les orateurs, comme elle inspire magnifiquement les poètes, les peintres, tous les artistes. Mais en temps de Révolution et au milieu des orages de la politique, on fait appel généralement à des thèmes plus passionnés. Il fallait être en Angleterre, et dans une Angleterre bien puritaine, pour voir un Parlement subir si facilement une telle contrainte oratoire.

C'est cette religiosité, qui, dans l'histoire anglaise, donne à Cromwell et à ses contemporains une marque si originale. On s'imagine le Protecteur, un peu à la façon d'un prophète d'Israël ou de Judas. Fût-il toujours sincère? Il est permis d'hésiter. Fût-il, dans toute l'acception du mot, un grand homme ? Là encore, le doute est de mise. La valeur des hommes s'apprécie, surtout dans la lutte, au contact d'adversaires de même envergure. Or, cet élément de comparaison fait défaut dans la période de l'histoire d'Angleterre, qui va de la mort de Charles I<sup>er</sup> à celle du Protecteur.

Louis de Monti.

# LE MOUVEMENT IDÉALISTE

## « *LES MÉTIERS DIVINS* »

Tout ce qui est transfiguration est idéalisme.

Voilà pourquoi je dois parler de Jean de Bosschère et de son nouveau livre, *Les métiers divins* (1).

Les mots de la première page sont ainsi disposés :

*des mains*           *des yeux*

*un cœur*

*un outil*           *une matière*

Puis aux pages suivantes, sous ces mots, viennent se ranger d'autres mots :

*Un cœur*
Adorant
D'enfant
De ciel
Ivre
Espérant
Ardent

Les mains écoutent, le cœur guide, l'outil ordonne, la matière prend une âme.

Et l'artisan mystique, Jean de Bosschère, marie son âme à celle du bon potier, du jardinier, du luthier, du verrier, du batelier, du poète; ses mains, à celles qui font le pain, les fleurs, le cristal, les roues. Tel est son art poétique.

Alors, de l'intérieur de son âme communiante, il parle ainsi :

« Nous nommons divin le métier de l'homme qui protège la créature, étant le terme placé entre l'homme et la puissance des tortures.. La seule gloire est le bonheur du secret dans la solitude. Humilier notre orgueil loin de tous regards... Le poète pas mystique est réduit au rôle jongleur-bouffon... être appuyé à quelque arbre ou lien métaphysique et péremptoire du monde... Et la poésie serait le confluent de deux fleuves, le païen et le mystique, et naîtrait comme une perle rouge sous le stylet désespéré... Tu ne mettras de hâte à rien, et cependant tu rêveras la minute. Tu ne gaspilleras pas un

______

(1) Bibliothèque de l'*Occident*.

jour, mais tu peindras avec de grandes minuties chaque ligne à tes jouets ou à tes poèmes... »

Il naît de cela une spiritualité nouvelle, qui est la prise de conscience d'un état d'âme très ancien, de l'état d'âme du bon artisan d'âme simple, qui aimait son œuvre, la parfaisait à loisir et ne jugeait rien plus beau au monde. Jean de Bosschère divinise les humbles choses de la terre.

Il faut comparer cette spiritualité à celles qui la précédèrent. Chez Péladan, qui fut un quart de siècle le seul promoteur d'idéalisme, la spiritualité était une orgueilleuse affirmation, lys le plus haut des plus hautes intelligences, bravade au monde et à la bêtise, aimant choquer le boulevard par l'outrance et écraser la médiocrité par la proclamation des chefs-d'œuvre éternels. Elle n'allait pas sans costumes ni pompe.

Ici, l'artisan mystique se penche sur la chenille, la peint avec amour, la couvre de rubis et salue en elle mille splendeurs. Point d'apostolat, mais une obéissance au chant inspiré. Point de système, tout est récolte de poèmes.

La transfiguration de la vie simple.

Il ne s'agit pas non plus de diviniser l'humain. Lorsque Jean de Bosschère, devant l'humain, chante le divin, c'est qu'il perçoit le rapport qui lie la simplicité à l'éternité. Ce n'est point panthéisme; c'est vision d'une chaîne d'or dont toute beauté, humble ou haute, est un admirable et précieux chaînon, que le poète ne doit considérer qu'avec amour et respect.

Je ne ferai point de comparaison avec l'*Imitation* ni avec François d'Assise, parce qu'il ne faut point mélanger l'encens et la pâquerette.

Pour les images de Jean de Bosschère, qui aime enluminer ses écrits, on parlera d'Aubray Beardsley. Tous deux, en effet, avec l'encre et le papier blanc, dessinent des figures selon un style propre, où la réalité n'est pas tout.

*<br>* *

Avant *les Métiers divins*, Jean de Bosschère avait publié *Béâle-Gryne*, *Dolorine et les Ombres*, etc... On fera bien de lire d'abord *les Métiers divins*.

## LA GYMNASTIQUE CATHOLIQUE

Je retrouve une coupure de journal; elle n'est pas très vieille, mais plus cependant que les *Ecrits Français*.

C'est une dépêche qui porte ce titre :

LE CONGRÈS SPORTIF INTERNATIONAL DE ROME
*Interdiction du cortège des gymnastes catholiques.*

Précieuse coupure. Je me rappelle, je voulais la faire encadrer. Congrès sportif catholique, gymnastes catholiques, ç'avait été pour moi une révélation.

Le trapèze catholique, la barre fixe orthodoxe, le saut à la perche, le rugby, la natation catholiques. . . . . . . . . . .

. . . . . . . . . . . . . . . . . . . . . . . . . .
. . . . . . . . . . . . . . . . . . . . . . . . . .
. . . . . . . . . . . . . . . . . . . . . . . . . .

...Il me prend un besoin de récapituler. Les apôtres m'ont connu que la marche. Ils ont paru dans l'arène, parmi les gladiateurs, mais ce n'était pas pour eux du sport. La Renaissance : l'Eglise ne connaissait d'autre gymnastique que la guerre. Elle était assise; elle ne courait pas. Aujourd'hui, elle grimpe à la corde lisse.

Quand donc les gens se décideront-ils à séparer ce qui peut être cumulé mais ne doit pas être mélangé : la foi et la gymnastique, la politique et la littérature, les élections et la prière

Le Souverain Pontife est le maître spirituel du monde; il doit sa bénédiction aux gymnastes comme aux cardinaux. Qu'il les reçoive, c'est parfait, mais en leur disant : « Laissez ici toute gymnastique. Ici on ne connaît que les âmes. » Et c'est là certainement ce que le pape a pensé. Il a vu autour de lui des pèlerins, il ne s'est pas occupé du « congrès sportif » qui les réunissait hors de ses jardins. Seulement, là, il s'est trouvé des gens pour mêler les torchons avec les serviettes et pour prononcer des homélies sportives. Et c'est à cause de ces gens-là qu'on ne pourrait guère tenir rigueur au catholique qui, voyant dans la foi une Chose Absolue, sans rapports possibles avec le tremplin et les exercices d'assouplissement, crierait un peu trop fort :

« Quel est ce Prince qui condamne la politique quand elle est démocratique, qui l'approuve par son silence quand elle est royaliste et qui permet à des gymnasiarques de mettre la Croix, la Croix du Golgotha, sur leurs bannières?

« Verrons-nous prochainement un congrès des marchands de vins catholiques? Ou bien l'*ignis ardens* tombera-t-il du ciel sur ceux qui n'ont pas le souci de la dignité, de la spiritualité du temple? Il ne me déplaît pas trop profondément de contempler cette hypothèse. »

En vérité, on ne pourrait pas trop tenir rigueur à ce catholique.

FERNAND DIVOIRE.

# LETTRES ANCIENNES

Philoctète, traduction littérale et en vers de *M. Silvain.*

M. Silvain, doyen de la Comédie-Française et enfant de chœur de la Tragédie grecque, a publié, dans *Comœdia* du 26 janvier, une traduction *littérale et en vers* du *Philoctète* de Sophocle. Faire d'une tragédie grecque une traduction *littérale et en vers* est chose neuve et presque futuriste. Aucun helléniste, aucun traducteur sachant vraiment le grec ne s'est osé jusqu'ici à pareille entreprise. Point n'est besoin, en effet, d'avoir obtenu au collège un premier prix de version grecque pour arriver à savoir qu'une traduction *en vers* ne peut pas être *littérale*. Les plus simples notions du génie d'une langue s'y opposent. Le vers français n'obéit pas aux mêmes lois que l'hexamètre grec, et prétendre *littéralement* rendre en un vers français le contenu d'un vers grec est un enfantillage.

Le bon acteur qu'est à ses moments M. Silvain a donc eu tort de nous faire espérer ce qu'il n'a point pu nous donner. Certes, on peut traduire en vers, et certaines traductions versifiées, faites par de vrais poètes, peuvent parfois surpasser la meilleure des traductions en prose. Traduire, en effet, est toujours transposer et l'inspiration vaut en ceci autant et souvent mieux que la philologie. S'imprégner d'un texte et le rendre à la vie d'un nouveau rythme est œuvre créatrice. Nul aussi bien qu'un poète ne peut accomplir cette résurrection. Mais encore faut-il, pour que son labeur soit parfait, qu'il possède la connaissance du texte, qu'il lise avec intelligence, qu'il sente avec savoir et qu'il ne prétende pas suivre la lettre pour s'excuser d'avoir omis l'esprit.

Or, avec la lettre, c'est l'esprit qui manque le plus à la traduction *littérale et en vers* de M. Silvain. En veut-on la preuve? Voici, au hasard, un exemple entre mille. Lorsque le Chœur appelle le sommeil sur Philoctète étendu, il s'écrie :

*Sommeil ignorant la douleur,*
*Sommeil ignorant la souffrance,*
*Viens à nous avec ta douce haleine,*

*O Roi qui rend heureux, qui rend heureux.* (1)

---

(1) **Nous suivons** le texte de M. Benloew. Paris, **Hachette**.

Or, voici la traduction, en vers sinon littérale, que M. Silvain nous donne de ce passage :

*Sommeil, baume puissant, infaillible dictame,*
*Souffle ta douce haleine, ô toi qui ne connais*
*Ni les douleurs du corps ni les peines de l'âme,*
*Sommeil, roi du bonheur, du calme et de la paix!*

Quel texte inconnu notre traducteur a-t-il dû suivre pour faire dire à Sophocle que le sommeil est un baume qui souffle et un dictame qui ne connaît ni peines ni douleurs?

Voici un autre exemple. Ulysse, en décrivant la grotte de Philoctète, dit à Néoptolème :

*Mais maintenant ton ouvrage est de m'aider*
*pour le reste, et de voir où est ici ce rocher à deux bouches*
*où, dans le froid, une double exposition se présente au soleil.*
*et où, durant le chaud, à travers la grotte à la double ouverture,*
*la brise envoie le sommeil.*

M. Silvain, prenant une grotte pour une brèche, traduit ainsi :

*Mais voici maintenant, toi, ce que tu vas faire.*
*C'est toi qui vas m'aider; c'est toi qui vas chercher*
*Deux brèches, par ici, s'ouvrant dans un rocher.*
*En hiver le soleil réchauffe ces deux brèches;*
*En été le sommeil s'y mêle aux brises fraîches.*

Après nous être rendu compte de la façon dont M. Silvain traduit *littéralement et en vers* les chœurs et les récits de *Philoctète*, il resterait à montrer comment ce traducteur entend le sentiment religieux qui pénètre l'œuvre entière du poète, dont la piété égalait le génie. Mais, dans Sophocle comme dans Eschyle, la piété est latente, et M. Silvain ne l'a point découverte. Dans les détails mêmes il oublie qu'analogie n'est pas identité et à Hermès et Athéna, il substitue et Mercure et Minerve.

Malgré tout son zèle pour les belles-lettres hellènes, le prestige de son âge, l'autorité de son talent d'acteur et l'enthousiame véritable qui l'anime, M. Silvain, en traduisant Sophocle et Euripide, ne sert point la cause qui lui est chère. Bien au contraire. Donner, en effet, une fausse idée d'un chef-d'œuvre est semer l'ivraie dans le blé et celer la face attirante d'Aphrodite sous le masque repoussant de Gorgô. Nos maîtres se sont assez chargés de ce soin pour que ceux à qui incombe le beau destin d'incarner les dieux sur la scène et de proférer le verbe des poètes soient de leur mission satisfaits et ne croient pas que les planches conduisent au trépied. *Cuique suum.*

Comme M. l'abbé Calvet, nous avons comparé au texte grec la traduction du *Philoctète*.

Mais, contrairement au sentiment de la lettre que publia *Comœdia*, nous n'avons pas été « frappé de l'exactitude et de la souplesse des phrases » de M. Silvain. Nous n'avons point lu dans Sophocle, qu' « *un ulcère labourait le pied de Philoctète de sa hideuse serre* », ni qu' « *un sang noir s'épanchait d'une veine crevée au bout du gros orteil.* » Au lieu donc d'envoyer un bon point et une couronne en papier au doyen de la Comédie, au lieu de lui écrire, « vous n'*adaptez* pas, vous nous *donnez* du Sophocle »,nous préférons avoir la nette franchise de lui dire que sa traduction est un parfait contresens esthétique. Tout y est mis sur un même plan banal. Nulle atmosphère autour de chaque personnage. Les dieux parlent comme des hommes et Philoctète déclame comme Ulysse. Aucune des nuances qui modèlent le dialogue en accusant les caractères n'est comprise et rendue. Tout y est à côté. Bref, la traduction du *Philoctète* faite par M. Silvain ne saurait être louée que dans le but d'encourager à mieux une tentative naïve. Un collégien se serait amusé, pour cheviller des rimes et rimailler sur un thème tragique, à mettre en vers pesants et béquillards le mot à mot d'une traduction « littérale et juxtalinéaire ». Mais M. Silvain a passé l'âge du collège.

Mario Meunier.

# FASTES

### *LA « PUNA DES ROSES » A LA RÉGENCE*

Le Café de la Régence avait ce soir-là dissimulé son habituelle physionomie sous le masque du carnaval. Les joueurs d'échecs insoucieux de placer le roi au sommet de la tour et de surveiller la dame pour qu'elle ne puisse flirter avec le cavalier, avaient émigré au pays de la quatrième dimension.

Par contre des bourgeois hilares enluminés de vin et concupiscents avaient envahi la salle et installé sur des chaises leurs dames ou leurs momentanées. Quelques littérateurs étaient venus et demeuraient piqués là comme de rouges coquelicots dans une gerbe morne. On put apercevoir André du Fresnois qui exporte l'esprit de Paris au pays du Manneken-Pis et Gabriel Reuillard qui étanche d'un mouchoir bienveillant la sueur qui perle au front de Populo.

Louis de Gonzague-Frick, dans l'oculaire duquel vinrent se mirer toutes les faces illustres de l'époque serrait plus de mains que Raymond de l'Elysée un jour de grand gala. Enguirlandant une table, hérissée de bouteilles de champagne décapuchonnées, on saluait corrects sous leur armure de linge M. Henri Cazaubon qui ressemble à un empereur romain, M. Delpeuron, M. Delbosc et M. Aris.

Puis, justifiant par sa présence le patronyme du café « Régence » la baronne de Saint-Solieux, reine de beauté sous le diadème de fils d'or qui couronne son front éburnéen. Si Lucien Rolmer avait été là, il n'eût point manqué d'incorporer à « l'École de la Grâce » cette « reine de l'attitude » qui sait unir à l'aristocratie des gestes amadouée par la gaminerie lutétienne du visage cette souplesse osée qui nous est venue « sur la vague mélancolique des tangos ».

Oubliant pour un instant les mérites du littérateur qui rima avec magnificence, et du tragédien qui conserva sous le péplum la meilleure part de l'âme tragique d'Édouard de Max, nous ne voulons nous souvenir que de l'avatar dernier qui nous donna d'admirer, miracle d'esthétique pittoresque, don Santiago, les pieds décolletés en des escarpins, le torse enfoui dans une capa, l'estomac gainé d'écarlate.

Sitôt que l'horloge eût toussé douze fois, don Santiago vint se camper face au public médusé afin de nous lire l'argument de la « Puña des roses », danse composée et réglée par lui d'après « a Banch' of Roses » de Capi.

Les alexandrins prennent leur essor, tantôt ils s'entrechoquent avec un bruit de métaux, tantôt ils volent apeurés à l'instar d'amoureuses phalènes.

> « Et Santiago, d'un coup, brise la tige verte,
> « Arrache du cœur d'or les pétales de feu
> « Et reprenant sa course à travers champs, alerte,
> « Il siffle avec dédain se moquant du ciel bleu. »

Dans un élan d'enthousiasme, tous les buveurs sont debout, les uns debout sur les tables font sonner le marbre sous leurs talons fiévreux, d'autres dans leur joie brisent des soucoupes, et, plus bruyants que les tambours sous les baguettes énervées, les bans roulent.

Ayant dit, don Santiago s'apprête à danser, mais auparavant il lance sa cape à la mode des toréadors dans l'arène (*al recibir*). Monsieur Aris la cueille au vol et la plie avec onction.

Puis, c'est la danse, cependant que les violons s'alanguissent ou s'énervent. Les pieds légers de don Santiago effleurent les tapis, sa tête renversée exprime la convoitise et la tristesse, ses flancs ondulent à la manière des Ouled-Naïd et des Andalouses brûlantes.

Il brandit « la poignée de rose », la respire les yeux clos, la frôle d'une craintive caresse.

> « Les roses ne sont plus à ses yeux qu'une femme
> « Qu'il a su captiver et qu'il tient dans ses bras.
> « Un désir de baiser tremble au bord de son âme,
> « Il paraît chanceler et plus lents sont ses pas. »

Il approche de ses lèvres les roses, les appuie à sa bouche et les mâche, puis les jetant à terre il se roule sur ce lit de parfums.

Mais les fleurs sont fanées, les roses rouges ont pâli comme si elles avaient saigné tout leur sang, et don Santiago revient à lui, il contemple ironiquement ces débris-femmes ou fleurs, qu'importe ? — et il danse furieusement un hymne à la joie.

Sommes-nous bien à Paris, nous nous imaginons transportés

dans une maison de danses de Cordoue, il n'y manque que le rauque sanglot des guitares et les œillets poivrés que les femmes se mettent aux cheveux.

Il est nécessaire que la baronne de Saint-Solieux fasse offrande de sa grâce audacieuse et de sa nerveuse souplesse à une très-moutarde régentée par Monsieur Henri Cazaubon pour que nous nous retrouvions à Paris et que nous songions à doucher nos fièvres avec de la bière.

### LA BRETAGNE A PARIS

Monsieur Max Jacob, le dimanche 8 mars, laissant les alpinistes faire du tobogan le long de la rue Gabrielle, descendit sur les boulevards aboyants de tous leurs cinémas et de leurs brutales lumières pour initier aux grâces boulevardières sa famille armoricaine qui avait délaissé la côte.

# FUNERAILLES

### M. ADRIEN BERNHEIM

Ce fonctionnaire chauve et ventru auquel Marianne elle-même avait beurré des tartines, avait la bienfaisance ostentatoire. Avant de gratifier quelque impécunieux d'une thune, il la lui faisait admirer de profil, de face et de trois quarts et ne laissait pas que l'obliger à tinter contre le marbre.

Souventes fois au *Figaro*, jouxte les annonces, il démaillotait pour la délectation morose de lecteurs ægrotants et rarissimes les vieilles poupées romantiques, ou il époussetait d'un plumeau respectueux des souvenirs grisâtres quasi effacés.

Toutes les ouvreuses connaissaient et manipulaient avec le maximum de respect son pardessus taché d'une rosette sanglante, toutes les planches des théâtres de quartier de Grenelle à Ménilmuche avaient gémi sous le poids de ses comédiens habituels, tous les lustres avaient réflété leurs lumières dans le vernis de son crâne.

Mais qu'est-ce que trente ans de théâtre auprès de l'Eternité ?

### ALFRED EDWARDS

Edwards ! Ce gros homme à muffle porcin, gonflé d'insolence comme un abcès est gonflé de pus, remuait les grossièretés dans son gosier et les louis dans ses poches.

Qui ne l'a vu carré dans une avant-scène, ses lourdes mains baguées écrasant la rampe de velours. Auprès de lui perpétuellement stagnait une empanachée un peu hébétée et pâle, très pâle. Ah ! toutes les pilules Pink du monde n'eussent point réussi à farder de rose cette blancheur.

Durant les entr'actes Edwards, devant une racaille de journaleux et de soiristes, émiettait des scandales. Les petits jeunes gens courbaient l'échine et ramassaient ces incongruités avec la même joie qu'un pauvre ramasse des mégots.

Edwards avait aussi manipulé les papiers breneux du journalisme. Il fit naître le *Matin*, et grâce à lui, grâce à sa lourdeur madrée de maquignon de lettres, ce fût le triomphe de l'information, des potins de concierge et — ô Soleilland, qui vous attendrissez sur l'enfance dans les pays du soleil — de la pudeur.

La pauvre Lantelme, liée à lui par Monsieur le maire, l'aimait d'un si fol amour « qu'elle le tâtait tous les matins pour voir s'il n'était point froid ! » Elle préféra glisser dans le Rhin, écharpe blanche sur l'eau verte, que de se prêter plus longtemps aux spécialités de son amour.

Ce n'empêcha point Edwards, après quelques larmes péniblement extraites, de constater qu' « il l'avait eu leur Rhin allemand. Il avait tenu dans son verre... de toilette ».

Souhaitons qu'il digère aussi aisément la bière.

## PIERRE SOUVESTRE

On allait mettre Pierre Souvestre en son cercueil, lorsqu'un individu de haute mine fit irruption. Il était drapé à larges plis dans une cape à l'espagnole, et ses traits étaient avalés par un loup de velours noir. Après avoir d'un geste hautain écarté les hommes de la mort, Fantômas ploya le genou devant le cadavre de son père et lui glissa dans la main une pince-monseigneur afin que, si saint Pierre refusait de le laisser pénétrer, il pût fracturer la porte du Ciel.

André Dupont.

*Nous publierons dans notre prochain numéro la suite de la correspondance d'Ephraïm Mikhaël et la chronique des revues de M. Henri Vandeputte.*

# André MARE

DÉCORATEVR

## 3, RVE AVBER, 3

GALERIE
## ANDRE GROULT

29-31, Rue d'Anjou

PARIS

LES DESSINATEURS DE PARIS

3, RVE AVBER, 3

PARIS

TABLEAUX MODERNES

## Bernheim jeune & C<sup>ie</sup>

11, Rue Richepance, 11

## A PARIS

*Le Gérant :* BESSON.

Imprimerie BASCLE, 247 Rue Saint-Jacques. — Paris

# LES ÉCRITS FRANÇAIS

DIRECTION :

MM. L. DE MONTI DE REZÉ, MARC BRÉSIL, LOUIS DE GONZAGUE FRICK

Paraissent le 5 de chaque mois, sur cent pages, et contiennent des œuvres inédites : poèmes, romans, nouvelles, études, traductions, controverses, fantaisies, et les rubriques suivantes qui constituent la partie organique de la Revue.

| | |
|---|---|
| Chronique des Lettres | E. F. |
| Variétés | ANDRÉ SALMON. |
| La Poésie | CLAUDIEN. |
| Les Romans | LOUIS LATOURRETTE. |
| Critique et Esthétique générale | B. CRÉMIEUX. |
| Epigrammes et Pamphlets | JANUS et EUSTACHE LE PIQUEUR. |
| Petits Mémoires du Temps | ANDRÉ BILLY. |
| Entre Revues | HENRI VANDEPUTTE. |
| La Presse commentée | |
| Les Arts plastiques | ROGER ALLARD. |
| Chronique dramatique | AUREL. |
| Entr'actes | ANDRÉ WARNOD. |
| Théâtre édité | PAUL LOMBARD |
| Musique | PAUL CASTIAUX. |
| Questions d'Histoire et de Philosophie. | L. DE MONTI. JEAN PAULHAN. F. DIVOIRE. |
| Curiosités poétiques | FRANCIS CARCO. |
| Lettres anciennes | MARIO MEUNIER. |
| Littératures étrangères | GABRIEL ARBOUIN. FERNAND CRÉMIEUX. MAURICE LANOIRE. |
| Fastes, Funérailles | ANDRÉ DUPONT. |
| Conférences, Notes | XXX. |